SELMA LAGERLÖF

Die Geisterhand

W0306502

SELMA
LAGERLÖF

Die Geisterhand

Unheimliche Erzählungen

Reclam

Der Verlag behält sich die Verwertung der urheberrechtlich geschützten Inhalte dieses Werkes für Zwecke des Text- und Data-Minings nach § 44b UrhG ausdrücklich vor. Jegliche unbefugte Nutzung ist ausgeschlossen.

RECLAMS UNIVERSAL-BIBLIOTHEK Nr. 14607
2024 Philipp Reclam jun. Verlag GmbH,
Siemensstraße 32, 71254 Ditzingen
Umschlaggestaltung: Philipp Reclam jun. Verlag GmbH
Druck und Bindung: Esser printSolutions GmbH,
Untere Sonnenstraße 5, 84030 Ergolding
Printed in Germany 2024
RECLAM, UNIVERSAL-BIBLIOTHEK und
RECLAMS UNIVERSAL-BIBLIOTHEK sind eingetragene Marken
der Philipp Reclam jun. GmbH & Co. KG, Stuttgart
ISBN 978-3-15-014607-1

www.reclam.de

Die Geisterhand

Gerade als es ein Uhr schlug, kam jemand und klingelte an der Glocke des Doktors. Das erste Läuten hatte kein Resultat, aber als das zweite und dritte verriet, dass es unerschütterlicher Ernst war, kam Doktors Karin durch die Küchentür, um zu sehen, was es gab. Und als Karin eine Weile verhandelt hatte, musste sie sich damit abfinden, den Doktor zu wecken. Sie klopfte an die Schlafzimmertür.

»Es ist jemand da von der Braut vom Herrn Doktor. Der Herr Doktor muss hin.«

»Ist sie krank?«, ertönte es von drinnen.

»Sie wissen nicht, was ihr fehlt. Sie glauben, dass sie etwas ›gesehen‹ hat.«

»Ja, ich lasse sie grüßen und sagen, dass ich komme.«

Der Doktor fragte nicht weiter. Liebte es nicht, das Mägdegeschwätz über seine Braut zu hören.

Eine wunderliche Sache mit diesem Aberglauben, dachte er, während er sich ankleidete. Da liegt doch das

Haus mitten in der Stadt, nicht das geringste Romantische daran. Ein ganz gewöhnliches, hässliches, altes Haus, wie alle anderen in dem Viertel eingerichtet. Aber der Geisterspuk nistet sich dort ein.

Läge es nur in einem finsteren Gässchen oder ein wenig außerhalb der Stadt in irgendeinem verwilderten Garten, wo unheimliche alte Bäume die Fensterscheiben peitschten, in solch einer stürmischen Winternacht! Aber mit der Kirche und der Sparkasse und der Kaserne und der Zuckerfabrik ganz in der Nähe! Sollte man nicht glauben, dass die Zuckerfabrik mit all ihrem Rasseln und Kochen und den großen glühenden Dampfkesseln es dem Gespenst unbehaglich machen musste. Aber nein – durchaus nicht.

Auf seine Weise konnte das Gespenst Bewunderung verdienen. Es lag Energie in ihm, unglaubliche Energie und die Fähigkeit, sich im Bewusstsein der Leute zu erhalten. Man gab wohl zu, dass es sich jetzt etwa zwanzig Jahre nicht hatte sehen lassen, seit die Fräuleins Burmann in die Geisterzimmer gezogen waren. Aber hatte jemand es vergessen? Das zeigte sich ja jetzt: Bloß weil Ellen ganz plötzlich krank geworden war, musste es gleich heißen, sie hätte etwas gesehen.

Dass sie vor etwas erschrocken war, ja, das war wohl

nicht unmöglich. Sie war wie prädestiniert, Gespenster zu sehen, dadurch, dass sie ihr ganzes Leben mit den zwei nervösen alten Tanten verbracht hatte. Und dass es ein Gespenst im Haus gab, hatte sie wohl immer gehört und geglaubt, von Kindheit auf war ihre Phantasie durch all das angeregt.

Als er das erste Mal auf Krankenbesuch bei den Tanten gewesen war, hatte sie ihm gewissermaßen triumphierend gesagt: »Hier ist das Geisterzimmer«, in einem Ton, als zeigte sie eine Familienkostbarkeit.

»Sehen Sie, Herr Doktor, es geht nicht an, in diesem Zimmer Karten zu spielen.«

»Ach, warum nicht?«

»Ja, wenn einer der Spielenden den geringsten Fehler macht, den allerunbedeutendsten Kniff, da kommt eine Hand und legt sich neben ihn auf den Spieltisch.«

»Was für eine Hand?«

»Eine alte hässliche Hand mit schweren Diamantringen auf den krummen Fingern und mit echten Spitzen ums Handgelenk.«

»Nun, und dann?«

»Ja, man sieht nichts als nur die Hand.«

»Aber woher kommt das?«

»Das weiß niemand, sie hat sich immer hier gezeigt.«

Sie hatte das sehr keck erzählt, aber wer konnte wissen, wer konnte wissen? Sie glaubte wohl an den Spuk.

»So kommt sie, sehen Sie, Herr Doktor, kommt die Tischkante heraufgeschlichen, dicht neben dem, der spielt, hu, und dann zeigt sie auf eine der Karten mit einem großen gekrümmten Finger! Sie hat Nägel wie Klauen, gekrümmt und spitzig.«

Nun, wirklich daran glauben konnte sie wohl doch nicht. Sie hatte ja gerade das Gespensterzimmer zu ihrem Zimmer gewählt …

Der Doktor jagte an der großen Zuckerfabrik vorbei, wo die ganze Nacht gearbeitet wurde, und gelangte über die hohe Steintreppe hinein in das Haus.

Gott erbarme sich, auch er war nahe daran, zu erschrecken. Im Treppenhaus stand eine lange Gestalt, ganz in einen schwarzen Schal eingerollt. Tante Malin war selbst heruntergekommen, um ihm die Stiegen hinaufzuleuchten.

»Wie geht es Ellen?«, fragte der Doktor.

»Wie gut von dir, so rasch zu kommen«, sagte Tante Malin. »Ich weiß nicht, was sie hat. Du musst kommen und selbst sehen.«

Sie sprang beinahe die Stiegen hinauf, so alt sie war.

Der Doktor bekam erst jetzt den lebendigen Eindruck, dass wirklich Gefahr im Verzug war.

Ärgerlich, wenn jetzt etwas dazwischenkommen sollte, mit dem kleinen Mädchen dort oben, das er sich zur Frau gewählt hatte. Er hatte in seinem ganzen Leben keine gesehen, die ihm besser gefiel. Recht schön, und keine anderen Verwandten als die zwei alten Tanten, und natürlich streng erzogen, ans Heim gewöhnt, tüchtig im Haushalt, friedfertig.

Als sie ins Vorzimmer kamen, wendete sich Tante Malin wieder an ihn.

»Wir erwachten mitten in der Nacht dadurch, dass sie so furchtbar schrie, und wir haben sie seither nicht beruhigen können. Wir wussten uns keinen anderen Rat, als nach dir zu schicken.«

Sie öffnete die Tür zu Ellens Zimmer, steckte den Kopf hinein und sagte, dass er gekommen war. Gleich darauf wurde er eingelassen.

Drinnen war es so hell, dass er im ersten Augenblick kaum etwas sehen konnte. Sie hatten wohl alles hereingestellt, was es in der Wohnung an Lampen und Leuchtern gab. In dieser Beleuchtung wurde es einem klar, dass dies einst der Festsaal gewesen war, in den Glanzzeiten des Hauses.

Also hier hatten sie an den Spieltischen gesessen, und gerade da hatte die Gespensterhand sich gezeigt. Das musste einen Schrecken und einen Aufstand gegeben haben! Man brauchte nur seine Braut anzuschauen, um zu wissen, wie sie ausgesehen haben mochten.

Sie saß mitten im Zimmer in einem großen Lehnstuhl, hielt sich ganz aufrecht, sah sich mit wunderlich wandernden Blicken um, war bleich wie eine Tote, ihre Zähne schlugen aufeinander, und sie bebte.

Der Lehnstuhl war mitten ins Zimmer gerückt. Es war einer mit freien Füßen. Kein Möbel stand in der Nähe, nichts konnte darunter verborgen liegen und plötzlich hervorkriechen.

Sie achtete nicht auf die, die hereinkamen. Sie hielt jetzt die Augen fest, ganz fest auf den Schatten des Schranks geheftet, der sich bis zur Kachelofenecke erstreckte. Sie hatte den Schatten wohl im Verdacht, dass er ihr irgendeinen hässlichen Streich spielen wollte. Sie zog ihre Röcke an sich, wie um zur Flucht bereit zu sein, wenn der Schatten sich verdichtete und sich als etwas entpuppte, vielleicht als eine große Hand mit Fingern und Klauen. Nun, der Doktor rückte in aller Eile eine Lampe hinüber, so dass ihr Licht in die Ecke fiel. Sie sank wieder in den Stuhl.

Nun kam Tante Bertha und legte denselben Bericht ab wie Tante Malin.

»Wir erwachten dadurch, dass sie schrie, als wäre sie wahnsinnig geworden, und so ist sie dann die ganze Zeit gewesen. Sie will nur Licht haben, immer mehr Licht. Was, glaubst du, ist das?«

»Ein Schrecken, nichts anderes als ein Schrecken«, flüsterte der Doktor.

So, nun waren ihre Blicke bemüht, sich hinter eine Gardine einzubohren. Er ging einmal ums Zimmer. Es konnte ja möglich sein, dass er entdeckte, was sie erschreckt hatte. Auf dem Schreibtisch lag ein tintiges Briefpapier. Sie hatte etwas zu schreiben begonnen, aber die Feder war ihr aus der Hand gefallen und übers Papier gerollt. Ein Briefchen, das er ihr spätabends geschickt hatte, um zu wissen, ob sie und die Tanten am nächsten Tag einen Ausflug mit ihm machen wollten, lag dicht daneben.

Es war offenbar, dass sie sich an den Schreibtisch gesetzt hatte, um ihm zu antworten. Sie hatte eben »Mein gel …« geschrieben. Dann war sie erschrocken und hatte die Feder fallen lassen.

Der Doktor fühlte, wie die Blicke der Tanten ihm folgten. Sie wunderten sich wohl, dass er kein Wort zu

Ellen sprach. Das Erste, was geschehen musste, war, alle aus dem Zimmer zu bringen, sowohl Tante Malin und Tante Bertha als auch das Hausmädchen, damit sie den Schrecken nicht in ihr wachhielten.

»Ich glaube, sie wird mir schon alles erzählen, wenn ich allein mit ihr sprechen kann«, sagte er, und rasch war das Zimmer leer.

Er zog einen Sessel heran und setzte sich neben sie.

Wunderbar, wie viele Gesichter ein Mensch haben kann! Er hätte Ellen so kaum wiedererkannt. Ruhe, friedvolle Ruhe war das Hauptmerkmal ihres Aussehens. Er war davon bezaubert worden, sie immer gleich ruhig zu finden, eine förmliche Meisterin in der Kunst, die Tanten zu behandeln. Sie sah kaum von der Stickerei auf, wie sehr sie auch lärmten. Und dann hatte er einmal gewissermaßen eine Offenbarung gehabt. Im Heimkommen glaubte er eines Abends eine zarte, vornübergeneigte Gestalt im Lampenschein am Arbeitstisch sitzen zu sehen. Er hatte ein deutliches Bild des feinen Nackens und der kleinen Hände empfangen. Das ganze Zimmer war durch sie geschmückt. Daraufhin hatte er um ihre Hand angehalten.

Und nun jetzt dagegen! Nur bleiches Entsetzen und aufgescheuchte Wildheit. Gerade, was er nicht wollte. Eine hysterische Frau! Ah, Gott behüte, Gott behüte!

»Sag, Ellen, was hast du?«

Sie antwortete nicht.

»Mir musst du es sagen, verstehst du«, sagte er ein bisschen streng.

Sie heftete die Augen auf ihn, es war, als blitzte ein Schimmer von Hoffnung in ihnen auf.

»Du wirst ruhig werden, wenn du es sagst.«

Es war schade um ihre schönen hellen Augen. Sie hatten immer auf dem, mit dem sie gerade sprach, geruht, mit einem Schimmer so still wie der der Sonne. Sie waren vielleicht glänzender jetzt. Aber das war so ein Glanz, nach dem er sich eigentlich gar nicht sehnte.

Sie kämpfte heftig mit sich selbst. Sie konnte den Unterkiefer nicht stillhalten. Sie stopfte ein Taschentuch zwischen die Zähne, damit man nicht hörte, wie sie aufeinanderschlugen.

Endlich hörte er sie ein paar Worte sagen. Sie saß da und schlug mit der einen Hand auf die andere und dachte laut. »Ich muss es ihm sagen. Ich muss, ich muss. Sie kommt sonst wieder. Ja, sie kommt wieder.«

Dann begann sie zu sprechen, und seine Laune wurde seltsam gedämpft dabei. Es glich am ehesten der

Stimmung, die über einen kommt, wenn man in einem feierlichen Aufzug im Frack geht, und es kommt ein Platzregen. Man fühlt, wie man seine ganze Größe und Würde einbüßt.

Sie gestand mit einem Mal, dass sie ihn nicht liebhatte. Sie hatte ihn gerne heiraten wollen, aber einzig und allein, um von daheim wegzukommen.

Würde es nicht ihm selbst gegolten haben, er hätte darüber lachen können, wie dieses Kind sich nach einem Mann gesehnt hatte. Nach dem ersten besten. Sie war so fest entschlossen, fortzukommen. Es war der Tanten wegen. Sie waren ja sehr gut gegen sie gewesen, und sie wussten selbst nicht, wie sie sie quälten.

Sie sah ihn an mit verzweifelten Augen und bettelte gleichsam, er möchte sie doch verstehen und mit ihr fühlen. Er wusste ja, wie die Tanten waren, er, der sie viele Jahre hindurch behandelt hatte. Sie waren so schwierig, so schwierig, so voll fixer Ideen und Verängstigungen. Tante Malin erwartete immer eine Feuersbrunst, Tante Bertha glaubte immer, dass sie auf der Straße überfahren werden würde. Er wusste, wie sie waren. Und wenn sie, Ellen, weiter bei ihnen blieb, würde sie ebenso wunderlich werden.

Aber sie wollte ein ordentlicher Mensch werden.

Und sie hatte sie gebeten, fortgehen und arbeiten zu dürfen. Das hatten sie natürlich nicht erlauben wollen. Da konnte er doch begreifen, dass ihr nichts anderes übrigblieb, als zu heiraten.

Der Doktor konnte es nicht lassen, zu fragen, ob sie nicht gefürchtet hatte, dass sie, mit jemandem verheiratet, aus dem sie sich nichts machte, ein schlimmeres Leben haben konnte als hier bei den Tanten.

Ach nein, schlimmer konnte es wohl nie sein. Ein Mann war wenigstens manchmal fort. Die Tanten waren den ganzen Tag zu Hause.

Nun, da sie schon so offenherzig war – war es ihr nie in den Sinn gekommen, ihn liebzuhaben? Sie schüttelte den Kopf, das war etwas, was ganz außerhalb des Denkbaren lag. Und warum? War er zu hässlich? Nein, sie schlug beteuernd die Augen auf. War er langweilig? Sie machte eine abwehrende Handbewegung. Was für ein Fehler war also an ihm? Er war zu kalt. Ja so, er war zu kalt.

Der Doktor ging ein paar Schritte durchs Zimmer. Das war doch unglaublich, dass ein solches Kind da herumgegangen war und etwas Derartiges zusammengebraut hatte, hatte sich von ihm küssen lassen, ohne eine Spur von Neigung für ihn zu empfinden. Und sie hatte ihre Rolle gar nicht schlecht gespielt. Er war der Betrogene gewesen. Und dass er so unangenehm war, dass ein junges Mädchen gar nicht daran denken konnte, ihn zu mögen.

Aber natürlich hatte sie ein elendes Leben bei den beiden Alten geführt. Er konnte schon begreifen, dass es ihr viel bedeutet hatte, sich zu verheiraten. Das war ihr wohl wie eine Erlösung fürs ganze Leben erschienen. Sie legte ihr Bekenntnis ab, ohne irgendein Erbarmen zu zeigen. Es fiel ihr gar nicht ein, dass sie ihn verletzte. Sie musste wohl glauben, dass er gepanzert war, ganz eisenhart.

Ihre Stimme erhob sich plötzlich zu einem Schrei. »Du weißt ja«, sagte sie, »dass alle, die falsch spielen, in diesem Zimmer hier die Hand sehen. Ich habe sie gesehen. Ich saß dort, dort.« Und sie wandte sich heftig zum Schreibtisch. »Dort sah ich sie.«

»Glaubst du nicht, dass ich sie sah?«, fuhr sie fort und bohrte ihre Augen in ihn, als wollte sie die Wahrheit hervorzwingen.

»Lass mich hören, wie es war«, sagte er beruhigend.

»Ja, du weißt doch, dass du mir abends geschrieben hast, und ich wollte antworten, bevor ich mich niederlegte. Aber als ich mich zum Schreibtisch setzte, wurde ich unruhig und saß lange da und dachte nach, denn ich wusste nicht, wie ich die Anrede schreiben sollte. Ich musste ja »geliebter« schreiben, aber das kam mir nicht recht vor. Es war das erste Mal, dass ich an dich schrieb. Ich fand, dass es schrecklich war, etwas zu schreiben, das nicht wahr ist – aber schließlich schien es mir, dass ich nicht weniger schreiben konnte.«

»Ist ein so großer Unterschied zwischen dem, was man schreibt, und dem, was man sagt?«

»Du hattest mich nicht gefragt, ob ich dich liebte, nur ob ich deine Frau werden wollte –«

»Ah so!«

»Aber da, im selben Augenblick, im selben Augenblick, als ich begonnen hatte, das Wort zu schreiben, war die Hand da. Sie kam über die Tischkante heraufgeglitten, und ich glaube, ich saß da und starrte sie ein paar Sekunden an, bevor ich begriff, was es war. Ich schrie nicht gleich. Ich konnte gewissermaßen nicht verstehen, dass es etwas Übernatürliches war. Aber da legte sie sich über das Papier und zeigte mit den gekrümmten Fingern auf das Wort da.

Ich glaube, sie war froh, sie zitterte förmlich vor Freude. Es war, als wollte sie die Buchstaben an sich scharren – es war falsches Spiel. Da wollte sie mit dabei sein.

Sie kam gekrochen, auf den gelben Fingern, wie eine große Spinne. Gerade, als hätte sie Eile. Es war so lange her, seit sie Anlass gehabt hatte, hervorzukommen. Nun musste sie sich sputen. Sie griff förmlich nach der Feder mit den feuchten, knotigen Fingern. Es war ja falsches Spiel. Da wollte sie mit dabei sein.

Ich schrie auf, als wäre es eine Schlange, und da verschwand sie, aber ich weiß nicht, ob sie nicht noch hier ist. Ich glaube, ich fühle, dass sie sich noch im Zimmer befindet. Und wenn sie wiederkommt, so sterbe ich. Ich war nahe daran zu sterben.«

»Nein, sie darf nicht wiederkommen«, sagte er tröstend.

»Ich weiß, dass ich eins tun muss«, sagte sie, »ich muss es tun, damit sie nicht wiederkommt. Aber es ist so furchtbar hart.«

Sie nahm den Verlobungsring vom Finger, steckte ihre kalte zitternde Hand in die des Doktors und ließ den Ring zurück. Dann weinte sie in der Bitterkeit der Entsagung.

Der Doktor sagte nichts, er legte die Fingerspitzen aufeinander und ließ den Ring dazwischen hin- und hergleiten.

Es war nicht so schwer, mit der Geisterhand fertig zu

werden, wie mit dem anderen, meinte er. Die Hand hatte gleichsam seine Partei ergriffen, ihm ein wenig Rache verschafft. Er fühlte Sympathie für sie.

Es ist wohl so mit manchen, dachte er, dass das Gewissen in der einen oder anderen Weise über sie kommt, wie sehr sie auch versuchen, es zu betrügen. Es hat seine eigenen verschwiegenen Wege. Da hatte nun seine kleine Braut alles aufs Beste ausgeklügelt, um ein gutes Heim zu bekommen. Bloß ein bisschen Heuchelei brauchte sie sich aufzuerlegen, und alles Glück der Welt war ihr Eigen. Und da kommt das Gewissen ganz still heran und gräbt seine Mine tief unten in der Seele ein und sprengt endlich alle Klugheit, alle Berechnung in einem Augenblick in die Luft.

Jaja, jaja. Sie hatte wohl geglaubt, dass sie so ein ganzes Leben würde weiterlügen können, hatte wohl gesehen, wie es anderen geglückt war. Aber da stellt es sich heraus, dass sie aus feinerem Stoff gemacht ist. Etwas Hinderliches liegt darin, einer verfeinerten Sorte von Gewissensmenschen anzugehören. Wenn man es am wenigsten erwartet, ist die Gewissenshalluzination fertig.

Natürlich nimmt sie dann die Form an, die am nächsten zur Hand liegt. Es war ja sonnenklar, dass das Gewissen in diesem Zimmer hier zu einer Geisterhand werden musste.

Er saß noch immer da und spielte mit dem Ring und ließ ihn von einem Finger zum anderen gleiten. Er fühlte etwas anderes als Zorn darüber, dass er sie nicht hatte gewinnen können. Er war beinahe betrübt. Sie fing jetzt gewiss an, sich seiner zu erinnern, zu denken, dass ihm ein Unrecht widerfahren sei, denn sie beugte sich hinab und küsste seine Hand. »Verzeih mir ...«, sagte sie.

Es war merkwürdig, wie weich sie war. Wenn sie sich darüber klar geworden war, dass sie ein Unrecht getan hatte, wusste sie gar nicht, was sie alles tun sollte, um zu versöhnen. Es hatte wirklich keinen Zweck, sie länger zu quälen. Er brauchte ja nur geradeheraus zu sprechen, zu sagen, dass er nicht viel besser gewesen, als sie war. Räsonnement auf beiden Seiten. Die eine hatte ein Heim, der andere eine Hausvorsteherin gesucht. Es würde sie beruhigen, das zu hören.

Er wollte ihr sagen, dass es keine so bittere Enttäuschung für ihn werden konnte. Er war nicht so furchtbar verliebt gewesen, er auch nicht.

Ja gewiss, er hatte ja keinen Anlass, die Qual länger hinauszuziehen. Das Beste war, ein Ende zu machen.

Alle zur Ruhe kommen zu lassen und morgen unverlobt zu erwachen.

Als er sich erhob, um zu gehen, hatte er Tränen in den Augen. Es tat ihm doch weh, sie zu verlieren. Und nun war es das, was er ihr sagte.

Er begann damit, ihr unzusammenhängende Dinge zu sagen, dass sie ein Gewissensmensch sei, dass sie der feineren Sorte von Nervenmenschen angehöre, die gerade jetzt hier und dort auftauchten. Sie sei ihm gerade darum teuer. Gerade um dessentwillen, was ihr in dieser Nacht widerfahren sei, fiele es ihm schwer, auf sie zu verzichten.

Sie sei frei, ja, natürlich, aber wenn sie einmal konnte und wollte …

Er sah sie erstaunt an. Quälte sie das nicht? Nein, jetzt erst verschwand die Starrheit aus ihren Zügen, und die Augen wurden ruhig. Sie saß mit halbgeöffnetem Mund da und lauschte …

Er sprach davon, wie er das Leben für sie hatte ordnen wollen, sprach davon, wie er sich nach ihr gesehnt hatte. Er sprach ganz anders davon, als er vor einer halben Stunde gesprochen haben würde. Aber er sah es auch ganz verschieden, jetzt, da er sie verlieren sollte. Er sprach viel schöner, als er es sich zugetraut hätte. Das

Zusammenleben mit einem weichen, liebenswerten weiblichen Wesen, ja, gerade das Zusammenleben mit ihr nahm sich mit einem Mal sehr liebenswert für seine Phantasie aus, und er sagte es ihr.

Als er nähertrat und ihr die Hand zum Abschied reichte, kamen ihm noch einmal die Tränen in die Augen. Sie war so schön, gerade jetzt, die Farbe entzündete sich wieder auf ihren Wangen, sie war wie eine frischaufgeblühte Blume. Sie sah ebenso froh aus wie jemand, der einer Todesgefahr entronnen ist.

Der Doktor stand da mit ihrer Hand in der seinen und zog seine Schlussfolgerungen so rasch wie nie zuvor.

Sie verstand sich natürlich selbst nicht, nicht im Geringsten. Ah! Er schöpfte tief Atem. Alle Niedergeschlagenheit war fort. Ein jubelndes Siegesgefühl durchblitzte ihn. Nur mit einer einzigen Anstrengung hatte er sich ihre Liebe ersprochen. Sie hatte ja nur das gebraucht, dass er zeigte, dass er sie liebhatte.

Er nahm den Verlobungsring und steckte ihn ihr ruhig zurück auf den Ringfinger. »Reine Torheiten«, sagte er, als sie die Hand wegziehen wollte.

»Aber«, sagte sie. »Ich weiß nicht, ich wage nicht ...«

»Ich wage, ich«, sagte der Doktor, »ich war nie so, dass ich vor dem Glück fortgelaufen bin.«

Er ging hinaus ins Vorzimmer, fand seinen Überrock und kam wieder herein, um seine Zigarre anzuzünden.

»Arme Kleine«, sagte er, während er ein paar Züge machte. »Bist jetzt gleichsam gebunden und gefesselt, mich zu lieben, sollte ich meinen. Sonst kommt noch die Hand dort und presst dir das Leben aus.«

Die Rache bleibt nicht aus

Es war ein langes und recht breites Tal. An seiner einen Seite erhob sich eine Reihe zackiger Küstenberge, an der anderen ein gleichmäßig hoher Grat, den dichter Wald deckte. Unten im Tale stand eine Kirche und ringsum war eine weite offene Gegend, in der aller Wald gerodet war.

An einem Sonntagabend war es, und der Sonnenuntergang lag brennend hinter den Küstenbergen. Leute, die den ganzen Tag drinnen in den Hütten geschlafen hatten, traten vor die Schwelle, streckten sich und spitzten die Ohren, um zu erlauschen, ob von irgendeiner der vier Ecken der Welt Tanzmusik erschalle. Wem es glückte, einen einzigen Geigenton aufzufangen, der machte sich davon über die schmalen, schneeigen Dorfwege und kam dann wie von ungefähr dahergegangen, langsam und bedächtig, aber die »Tanzhütte« als sicheres Ziel im Sinn.

So kam Gruppe auf Gruppe durch die Tür von Arild, dem Köhler am Waldessaum, hereingeglitten. Da fragte niemand danach, wer kam. Der neue Gast stand ein Weilchen unten an der Tür, gewöhnte die Augen an den Rauch, der sich unter dem Rauchfang hervorwälzte und in das Zimmer qualmte, bis er den Weg zu dem Loch im Dach fand; und dann mischte sich der neue Ankömmling auch ins Spiel. Der Reihentanz ging über den Erdboden, das Stroh war weggetreten, die Ferkel hatte man von der Grube unter das Dachloch geschafft, wo sie sich am liebsten aufhielten; viel Raum war nicht, aber Arild selbst spielte die Geige, und der Tanz verlief drinnen im Winterquartier ebenso gut, wie er an einem Sommerabend über den Waldeshang gegangen wäre.

Arild hatte eine Frau, die Tora hieß; sie pflegte sich immer in eine dunkle Ecke zu verkriechen, wenn er zum Tanz lud. Sie war leutescheu und schreckhaft, war fast immer als Hirtin im Wald umhergezogen und stand im Ruf, mehr sehen zu können als andere.

An diesem Abend war sie ungewöhnlich vergnügt, sie versteckte sich nicht, sondern saß vorne beim Kamin, wo die Flamme dicht neben ihr brannte. Es war wenig Farbe in ihrem breiten, fetten Gesicht; die Augen, die hell wie Wasser waren, blickten lebendig, und sie bewegte die großen Hände, während sie sprach. Wenn die Leute sie bemerkten, traten sie aus den

Reihen der Tanzenden und kamen heran, um sie zu begrüßen.

Wessen Hand sie dann ergriffen hatte, den hielt sie fest, bis sie das erzählt hatte, was ihr diesen Morgen geschehen war. Es bereitete ihr Verlegenheit, es herauszubringen, aber gleichzeitig war sie doch so stolz darauf, dass sie es nicht verschweigen konnte.

Den Leuten fiel es sonst schwer, das Lachen zu verbeißen, wenn sie erzählte, was sie gesehen und geträumt hatte. Nun sollte man sich aber überzeugen, dass ihre prophetische Gabe etwas wert war.

Als sie im Morgengrauen dalag, hatte sie geträumt, dass ihre drei Ziegen droben im dichten Wald in die Irre gingen. Sie hatte sie so jämmerlich meckern gehört, dass sie erwachte. Als sie nun nachsah, erblickte sie sofort alle Ziegen in ihrer Einzäunung unten an der Tür, und sie hatte ja zuerst gedacht, dies sei nur ein gewöhnlicher Traum. Aber dann kam eine Unruhe über sie: »Nein, nein, das ist ein bedeutungsvoller Traum«, hatte sie zu sich selbst gesagt.

Damit war sie aufgestanden, hatte sich in Fellkleider gehüllt, das Nebelhorn über die Schulter geworfen und war in den Wald hinaus gewandert. Sie war vom Weg abgewichen, nach der Anweisung des Geistes gegangen und nahe daran gewesen, sich im Dickicht zu verstricken. Sie lachte leise, als sie das erzählte. Wussten sie, was das war, im dichten Wald vom Weg abzukommen? Grundloser Boden, der bei keiner Kälte zufror, Gestrüpp, das jeden leeren Raum zwischen den Stämmen ausfüllte, Schneehaufen und Wurzeln und stechende Dornen und umgestürzte Bäume, so war es oben im Wald.

»Aber dort oben fand ich drei wilde Böcke«, sagte sie. »Kommt und seht, was ich dort fand.« Sie führte ihren Gast die Reihen der Tanzenden entlang hin zu dem Bett, das mauerfest war und durch Türen geschützt. Sie öffnete die Türe, leuchtete mit einem Holzspan, und da sah man drinnen drei Männer liegen. Sie waren alle in zerrissenen Fetzen, abgemagert waren sie, so dass die Backenknochen schwarze Schatten auf die Wangen warfen, aber ihre Züge waren kühn und schön. Sie schliefen so, dass weder der Tanz noch Toras Vorzeigen sie wecken konnte.

»Das sind meine drei wilden Böcke, die ich im Dickicht fand«, sagte sie. »Es sind drei arme Gesellen, die sich im tiefen Walde verirrt haben und dort acht Tage umhergewandert sind. Wäre ich nicht gekommen, würden sie jetzt tot sein. Den ganzen Tag habe ich

Essen für sie gekocht, und jetzt schlafen sie. Seht, wie sie schlafen.«

»Es ist Gottes Gnade, die dich sie retten ließ, Tora«, sagten ihre Gäste.

»Gott wollte, dass ich nicht allezeit zum Gespött sein sollte«, sagte die Frau.

So verstrich der Abend. Aber als die Schlafenszeit herankam, da wurde die Freude unterbrochen. Die Türe wurde mit Macht aufgestoßen, und ein langer, großer Mann kam herein. Er durchbrach den Ring der Tanzenden, stellte sich mitten in den Raum und erhob seine Hand.

Das war der Pfarrer, Herr Ane, und er kam, um den Tanz in der Sonntagsnacht zu verbieten. Er hatte an diesem Tag in der Kirche gestanden und leeren Wänden gepredigt. Er hatte geglaubt, Krieg und Pest müssten alle Menschen dahingerafft haben, aber nein, hier waren sie, hier in der Spielhütte waren sie zu finden. Und der Pfarrer verkündigte Buße und Kirchenstrafe über sie alle.

Nun, da er sie gefunden hatte, sollten sie seine Predigt hören. Und er sprach und zertrümmerte ihre Freude und schreckte sie mit dem furchtbaren, künftigen Leben, so dass sie glaubten, niemals mehr den Fuß zum Tanz heben zu können.

»Tanzt nur, wenn es euch gelüstet«, sagte der Pfarrer, »tanzt nur, ihr wisst jetzt, wohin ihr tanzt.«

Einige schlichen sich stumm von dannen, andere standen verlegen da und suchten sich tapfer zu halten, aber begannen bald leise zu schluchzen. Ein Mädchen, das eben noch am wildesten getanzt hatte, fiel auf die Knie und küsste die Hand des Pfarrers.

Keiner wagte ihm zu widersprechen, außer Tora. Sie, die sonst immer bange war, kam breit und ihrer Sache sicher heran. »Pfarrer«, sagte sie, »hier haben wir jeden Sonntagabend getanzt, all diese Jahre, und doch ist dies ein Haus Gottes. Du sollst hören, wie Gott heute seinen Segen über mich ergossen hat.«

»Trollweib«, sagte der Pfarrer, »willst du schweigen! Was an Segen dir zukommt, das ist des Teufels Segen. Heute Abend rede ich zu Menschen, die sich bekehren und bessern können, mit dir rechne ich ein andermal ab.«

Damit ging der Pfarrer, und in der Hütte herrschte große Betrübnis. Arild versuchte ein paar Striche auf der Geige, legte sie aber gleich wieder fort. Die meisten von denen, die getanzt hatten, gingen heim.

Tora saß wieder am Herd, sie warf neue Scheite in die Glut und schien ebenso froh wie zuvor. Einige, die sahen, dass sie den Mut nicht verloren hatte, gingen auf sie zu und begannen, übel vom Pfarrer zu sprechen.

»Luthers Lehre hat Herrn Ane wild und toll gemacht«, sagte ein Lauer. »Früher, als er noch dem Papst zugehörte, durfte man selbst im Pfarrhof tanzen.«

»Er ist nicht so gut, wie er sich stellt, du, Tora«, sagte ein anderer.

»Tut er mir etwas, dann werde ich schon erzählen, wie er zu seinem Geld gekommen ist«, sagte Tora.

Und da nun viele sie fragten, was sie meinte, erzählte sie: »Der Pfarrer, Herr Ane, war einmal sehr arm, aber er hatte einen Bruder, der ein Großbauer war und sehr reich.

Der Bauer starb und Herr Ane zog in seinen Hof, der näher zur Kirche lag als sein eigener. Und sobald er auf den Hof gekommen war, fing er an, nach dem Geld des Bruders zu suchen, aber konnte es nicht finden. Er grub in der Erde und riss die Kellermauer und die Küchenwand ein, um das Geld zu finden, aber es wollte sich ihm nicht zeigen.

Das Geld kam nicht zu Herrn Ane, obgleich er in langen Gebeten zu Gott darum flehte. Und Herr Ane wurde krank und verzweifelt vom Suchen und Nichtfinden.

Und in der ganzen Umgegend lachte man Herrn Ane

aus, weil er seinen Kummer nicht verhehlte. ›Hast du das Geld meines Bruders gesehen?‹, konnte er den ärmsten Bettler fragen.

Da kam meine Mutter, die nichts mehr war als ein armes Bettelweib, das von Hof zu Hof zog, eines Abends in das Pfarrhaus und bat Herrn Ane um Herberge für die Nacht.

›Du sollst keine Herberge haben, wenn du mir nicht sagen kannst, wo mein Bruder sein Geld verwahrt hat‹, sagte Herr Ane zu ihr.

›Wenn ich das wüsste, Herr Ane‹, sagte Mutter, ›dann bräuchte ich wohl nicht auf der Landstraße umherzuziehen und mein Brot zu erbetteln.‹

Und sie bat ihn um Gottes Barmherzigkeit willen, er möge ihr Obdach gewähren, denn es war nicht gut für sie, in ihrem hohen Alter draußen unter freiem Himmel zu liegen.

Aber Herr Ane erwiderte, bei dem, was er gesagt, sollte es sein Bewenden haben, und sie könne kein Obdach bekommen, wenn sie ihm nicht das Geld verschaffe.

›Aber wenn mir das gelingt, kann ich Obdach im Pfarrhof haben bis zu meiner Todesstunde?‹, sagte Mutter. – ›Das sollst du‹, sagte Herr Ane.

Da bat Mutter, der sehr bange wurde vor dem, was sie auf sich genommen, Herr Ane möge ihr große Leinenlaken geben, und die hüllte sie um sich, als wäre sie eine Leiche. Dann ging sie auf den Kirchhof und nahm Graberde und streute sie über sich, und dann ließ sie sich von Herrn Ane die Kirchentür öffnen, und er folgte ihr in die Kirche und half ihr auf einen Dachbalken.

Und da lag nun Mutter auf dem Balken unter dem Dach. Aber sie ging durch alles mit fröhlichem Mut, in der Hoffnung, sich dadurch ein geschütztes Alter zu erringen.

Nun, es mochte gegen Mitternacht sein. Da wurde es hell in der Kirche, und ein paar Steine im Boden erhoben sich, und einer der Toten kam hinauf in die Kirche. Es war ein großer, derber Mann, er ging mehrere Male um die Kirche herum, da erblickte er meine Mutter. ›Bist du tot?‹, sagte er zu ihr. Und sie wagte nicht zu antworten. Da hatte es den Anschein, als wollte er zu ihr hinaufklettern. Und Mutter sagte mit heiserer Stimme: ›Ja, ich bin tot.‹ Und da ließ er sie sein.

Aber dieser Tote war der Bruder des Pfarrers, und er ging nun wieder zu seinem Grab. Er holte daraus eine Tonne hervor, die voll Silber und Gold war, und Mutter sagte, dass sie sah, wie er die Gold- und Silbermünzen nahm und mit ihnen spielte, er warf sie über sich, als säße er im Bad und bespritzte sich mit Wasser.

Aber als er sich müde gespielt hatte, schüttete er das Geld ins Grab hinab und stieg in seinen Sarg, und die Steine legten sich von selbst auf ihren Platz zurecht.

Mutter blieb bis zum Morgen auf ihrem Balken hängen, und dann kam der Pfarrer, Herr Ane, und fragte, ob sie noch am Leben sei. Jawohl, Mutter war frisch und gesund. ›Dann komm und iss einen Bissen‹, sagte der Pfarrer. ›Nein, zuerst will ich mir ein Obdach verdienen, für meine alten Tage‹, sagte Mutter.

Sie bat den Pfarrer, Leute zu schicken, und dann ließ sie den Boden über dem Grab seines Bruders aufbrechen und den Sarg herausheben. Und als sie dies taten, war nichts Wunderliches zu merken; aber als Mutter sagte: ›Seht nun nach, was noch in dem Grab liegt‹, da begann der Tote sich in seinem Sarge hin und her zu wälzen. Aber Mutter bedeutete den Burschen nur, sich mit der Arbeit zu sputen.

Mutter hielt ihre Hand auf dem Sargdeckel, denn sie hörte, wie der Tote dort drinnen arbeitete. So holten sie aus dem Grab eine große Tonne voll Gold- und Silbergeld. Und Mutter war froh, als sie den Toten wieder unten im Grab hatten und der Kirchenboden über ihm geschlossen war.

›Gib mir zu essen‹, sagte meine Mutter dann zum Pfarrer, ›ich habe jetzt ein tüchtiges Stück Arbeit für dich getan.‹

Und der Pfarrer gab ihr zu essen und behielt sie bei sich sieben Tage, dann hieß er sie wieder gehen.

Als Mutter so von neuem auf die Straße geworfen war, verfluchte sie ihn und sagte: ›Das Geld, das ich dir errungen habe, soll dein Unglück werden.‹

Und Mutter erzählte, dass der Pfarrer ihr sagte, er fürchte sich vor nichts, was ein Bettelweib ihm anhaben könne.

›Die Rache bleibt nicht aus‹, sagte Mutter. Das war Mutters Sprichwort, dass die Rache nicht ausbleibe.

Aber ihre Rache an dem Pfarrer blieb aus«, fuhr Tora fort, »und nun heißt er ihre Tochter ein Trollweib.

Er würde die große Kiste neben seinem Bett nicht so vollgestopft mit Geld haben, wenn meine Mutter nicht gewesen wäre«, fuhr Tora fort und richtete sich auf. »Er würde nicht dasitzen können und Geld über sich werfen und wälzen, wie er es zu tun pflegt, er geradeso wie der Tote, wenn meine Mutter ihm nicht geholfen hätte.«

Als Tora dies sagte, hörte man ein sachtes Scharren.

Es war nicht ganz nahe, aber auch nicht weit weg. Niemand wusste, was es sein konnte. Es war, als versuche jemand, ein Loch in die Hauswand zu feilen.

»Wer schleift Messer in meinem Haus?«, rief Tora plötzlich.

Nun wurde es ganz still. Aber als das Gespräch wieder in Fluss gekommen war, begann es aufs Neue zu knirschen und zu scharren.

Tora nahm einen Holzspan, ging zum Bett hin und sah hinein. Da lagen die drei Wanderer ausgestreckt und schliefen, so wie sie den ganzen Abend geschlafen hatten.

Nun war es wieder eine Weile still, dann begann das Unwesen abermals. Jeder hörte deutlich, wie Messer gegen Stein und Leder gerieben und geschliffen wurden. »Gott helfe uns, das ist ein Omen«, sagte Tora. »Möge uns nichts Böses widerfahren, weil wir Übles vom Pfarrer gesprochen haben!«

Aber am nächsten Morgen lag der Pfarrer, Herr Ane, ermordet in seinem Bett, und sein großer Geldschrein war verschwunden. Und es wurde sogleich bekannt, dass die drei wandernden Gesellen, die bei Arild dem Köhler gelegen und ihre Müdigkeit ausgeschlafen hatten, die Urheber des Mordes waren.

Sie hatten Tora vom Geld des Pfarrers erzählen hören, während sie dalagen und taten, als schliefen sie. Und sie hatten sofort den Mord geplant und sich daran gemacht, ihre Messer zu schleifen.

Und seit diesem Tag gingen die Worte des alten Bettelweibs wie ein Wahrspruch durch die Umgegend. »Die Rache bleibt nicht aus«, sagt man. »Gott kann mit einer Sage fällen. Gott kann mit einem Traum schlagen. Die Rache bleibt nicht aus.«

Eine Geschichte aus Halstanäs

Irgendwo am Weg lag einmal ein alter Hof, der Halstanäs genannt wurde. Der hatte den Waldrand dicht hinter sich und war niedrig gebaut mit langen Reihen rotgestrichener Häuser. Neben dem Wohnhaus stand ein großer Faulbaum, der das rote Ziegeldach mit schwarzen Beeren übersäte. Eine Feierabendglocke mit einem Schirmdach hing oben über dem Stallgiebel.

Dicht vor der Küchentür war ein Taubenschlag mit kleinen niedlichen Balustraden bei den Fluglöchern, an der Mauer hing ein Eichhörnchenbauer, das aus zwei kleinen grünen Häusern bestand und einem großen Stahlrad, und vor der großen Fliederhecke stand eine ganze lange Reihe rindegedeckter Bienenkörbe.

Der Hof hatte einen Teich, der voll breiter Schusterkarpfen und schlanker Wassereidechsen war. Er hatte ein Hundehaus am Einfahrtstor und weiße Zauntüren an der Allee und an den Gartenwegen und überall, wo sich eine Zauntür anbringen ließ.

Er hatte große Dachböden mit dunklen Dachkammern, die altväterliche Offiziersröcke bargen und hundertjährige Damenhüte. Er hatte große Kisten, mit Seidenschals und »Brautputz« angefüllt, er hatte alte Spinette und Violinen und Gitarren und Fagotte. In Schränken und Sekretären lagen handgeschriebene Lieder und vergilbte alte Briefe, an den Wänden im Flur hingen Jagdgewehre und große Pistolen und lederbezogene Jagdtaschen, auf dem Boden lagen Lappenteppiche, aus Überresten alter Atlaskleider mit ausgemusterten Baumwollgardinen zusammengewebt.

Der Hof hatte einen großen Erker, wo die Heckenrose Sommer um Sommer ein schwankendes Holzspalier hinaufklomm. Er hatte große gelbe Flurtüren, die mit Drückern und Eisenbeschlägen verschlossen wurden, er hatte einen Flur, der mit Wacholderreisig bestreut war, er hatte niedrige Fenster mit vielen kleinen Scheiben und schweren Holzläden.

Eines Sommers kam der alte Oberst Beerencreutz gerade zu diesem Hof gefahren. Es dürfte wohl einige Zeit nach dem Jahr gewesen sein, in dem er von Gut Ekeby fortzog. Zu dieser Zeit war er in einem Bauernhof in Svartsjö einquartiert, und er begab sich nur selten auf Reisen. Er hatte wohl die Kutsche und das Pferd behalten, aber sie mussten jetzt so ziemlich das ganze liebe Jahr in Ruhe bleiben. Er sagte immer, nun sei er ernstlich alt geworden, und für alte Leute will es sich am besten schicken, daheim zu sitzen.

Beerencreutz fiel es auch schwer, die Arbeit zu verlassen, die er sich vorgenommen hatte. Er war damit beschäftigt, Teppiche für seine beiden Zimmer zu weben, große vielfarbige Teppiche in reichen, wunderbar ausgeklügelten Mustern. Dies nahm ihm unendlich viel Zeit, vor allem, weil er seine eigene Webmethode hatte. Er benutzte nämlich keinen Webstuhl, sondern spannte das Garn quer über sein eines Zimmer, von Wand zu Wand. Das tat er, damit er den ganzen Teppich auf einmal übersehen konnte. Aber dann das Schiffchen hineinzuschmuggeln und die Fäden zu einem festen Teppichgewebe zusammenzubringen, das war keine kleine Mühe. Und dann war da das Muster, das er selbst ausdachte, und die Farben, die zusammengepasst werden mussten. Das nahm dem Oberst mehr Zeit, als irgendjemand glauben konnte.

Denn während Beerencreutz daran arbeitete, dass das Muster richtig ausging, saß er oft da und dachte an unseren Herrn. Der saß wohl an einem noch größeren Webstuhl und hatte ein noch wunderbareres Muster zu weben. Und er begriff, dass es in diesem Gewebe sowohl hell als dunkel geben musste, damit es sich richtig ausnahm. Aber Beerencreutz konnte bisweilen dasitzen und so lange über das alles nachgrübeln, bis er zu sehen glaubte, wie sein Leben und das Leben der Menschen, die er gekannt und mit denen er gelebt hatte, einen kleinen Teil von Gottes großem Gewebe bildete, und er sah das Stück so deutlich vor sich ausgebreitet, dass er sowohl die Konturen als auch die Farben unterscheiden konnte. Und wenn man nun Beerencreutz recht nachdrücklich gefragt hätte, dann würde er bekannt haben, dass er sein eigenes und seiner Freunde Leben in den Teppich webte, in einer geringen Nachbildung dessen, was er glaubte, in Gottes Webstuhl dargestellt gesehen zu haben.

Doch pflegte der Oberst gern eine kleine Reise zu ein paar alten Gastfreunden zu machen, jedes Jahr gleich nach Johanni. Er hatte es von alters her am liebsten, durchs Land zu reisen, wenn der Klee noch auf den Wiesen duftete und blaue und gelbe Mittsommerblüten den Wegrand hinab blühten, in zwei langen, ununterbrochenen Linien.

Dieses Jahr war der Oberst kaum hinaus auf die große Landstraße gekommen, als er seinen alten Freund, den Fähnrich von Oerneclou, traf. Und der Fähnrich, der das ganze liebe Jahr auf Reisen war und alle Höfe in Wermeland kannte, gab ihm einen guten Rat. »Fahrt nach Halstanäs und besucht den Fahnenjunker Oestblad«, sagte er zum Oberst. »Ich kann Euch sagen, Bruder, dass ich keinen Hof im ganzen Lande weiß, wo ich mich wohler fühlte.«

»Was ist das für ein Oestblad, von dem Ihr sprecht, Bruder?«, sagte der Oberst. »Ihr könnt doch nicht den tollen Fahnenjunker meinen, Bruder, den die Majorin zur Tür hinauswarf?«

»Genau den meine ich«, sagte der Fähnrich, »aber Oestblad ist nicht der, der er gewesen. Er hat sich mit einem feinen Fräulein verheiratet, mit einem so recht ausdauernden Frauenzimmer, Oberst, das einen Menschen aus ihm gemacht hat. – Das war freilich ein höchst unerwartetes Glück für Oestblad, dass eine so ausgezeichnete Dame sich in ihn verliebte. Sie war wohl nicht gerade sehr jung, aber jung war Oestblad ja auch nicht. Lieber Bruder, Ihr müsst nach Halstanäs fahren, um der Liebe Wunderwerk zu schauen.«

Und so fuhr der Oberst nach Halstanäs, um zu sehen, ob Oerneclou die Wahrheit gesprochen habe. Er hatte sich wohl bisweilen gewundert, was aus Oestblad geworden sein könnte. In seiner Jugend hatte er es so wild getrieben, dass nicht einmal die Majorin auf Ekeby Nachsicht mit ihm haben konnte. Sie hatte ihn nicht länger als ein paar Jahre auf Ekeby dulden können, dann war sie gezwungen gewesen, ihn fortzujagen. Oestblad war so tief verkommen gewesen, dass ein Kavalier kaum mit ihm hatte zu tun haben wollen. Und nun behauptete Oerneclou, dass er Haus und Hof besaß und mit einem hervorragenden Frauenzimmer verheiratet war.

So fuhr der Oberst hinauf nach Halstanäs und sah da auf den ersten Blick, dass dies ein richtiger alter Herrenhof war. Er brauchte nur die Birkenallee zu sehen, mit all den eingeschnittenen Namen und den hohen verzweigten Bäumen. Solche Birken hatte er nie woanders als auf alten ansehnlichen Landsitzen gesehen. Der Oberst fuhr langsam in den Hof ein, und mit jedem Augenblick wurde er vergnügter. Da waren Lindenhecken von der richtigen Sorte, so dicht, dass man darüber gehen konnte, und da waren ein paar Terrassen mit Steinstufen, die so lange dort gelegen, dass sie sich halb in die Erde eingegraben hatten.

Als der Oberst an dem Teich vorbeifuhr, sah er die dunklen Rücken der Schusterkarpfen in dem gelblichen

Wasser schimmern. Die Tauben flogen mit schmetternden Flügelschlägen vom Weg empor, das Eichhörnchen hielt seinen Schwanz hoch auf dem Rücken, der Kettenhund lag still mit der Schnauze auf den Vorderbeinen, wedelte mit dem Schwanz und knurrte leise dazu.

Dicht neben dem Erker sah der Oberst einen Ameisenhaufen, wo die Ameisen ungestört in ihren Angelegenheiten auf und ab gingen. Er sah auf die Blumeneinfassung an der Rasenkante, da wuchsen all die alten Sorten, Narzissen und Morgenstern und Hauslauch. Aber oben auf dem Graswall, da wuchsen kleine weiße Gänseblümchen, die so alt hier geworden waren, dass sie sich selbst säten und wie Unkraut gehalten wurden.

Beerencreutz wiederholte es bei sich selbst: Das war wirklich ein richtiger Herrenhof, hier hatten Pflanzen, Tiere sowie Menschen das allerbeste Gedeihen.

Als er endlich beim Haustor vorfuhr, wurde er so freundlich willkommen geheißen, wie er es nur wünschen konnte, und sobald er sich vom Reisestaub gereinigt hatte, geleitete man ihn zu Tisch. Und man bewirtete ihn mit guten, reichlichen, althergebrachten Speisen, und zum Nachtisch bekam er Spritzkuchen, solche, wie seine Mutter sie ihm vorzusetzen pflegte und wie er ihresgleichen nie in der Welt gegessen hatte.

Und Beerencreutz betrachtete mit Erstaunen Fahnenjunker Oestblad. Er sah ihn still und vergnügt umhergehen, mit einer langen Pfeife im Mund und der Hauskappe auf dem Kopf. Er hatte eine alte Hausjacke, aus der es ihm schwerfiel, herauszukriechen, wenn er sich zum Mittagessen fein machen sollte. Das war das einzige Überbleibsel des alten Wilden, das Beerencreutz an ihm sah. Er ging und beaufsichtigte die Landarbeiter, wies die anstehenden Aufgaben an, sah nach, wie es auf Feld und Wiese wuchs, pflückte eine Rose für seine Frau, als er durch den Garten ging, und fluchte nicht und spie nicht aus.

Aber am meisten verwunderte den Oberst, als er sah, dass der alte Fahnenjunker Oestblad Bücher führte. Er nahm den Oberst mit in das Arbeitszimmer und zeigte ihm große Bücher mit roten Lederrücken. Und die führte er selbst. Er linierte sie mit roter und schwarzer Tinte und richtete Kontos und Namen ein und schrieb alles auf bis zum Briefporto.

Fahnenjunker Oestblads Frau, die ein geborenes Fräulein war, nannte Beerencreutz Vetter, und sie waren bald so weit, dass sie den Verwandtschaftsgrad nachrechneten, und sie sprachen von allen Verwandten. Und schließlich bekam Beerencreutz solch ein Vertrauen zu Frau Oestblad, dass er sich mit ihr über die Teppichweberei beriet.

Es war eine ausgemachte Sache, dass Beerencreutz über Nacht bleiben musste. Er wurde in ein breites Himmelbett mit einem ganzen Berg von Kissen gebettet, in das beste Gästezimmer rechts vom Flur, dicht neben dem Schlafgemach. Der Oberst schlief ein, sobald er sich hingelegt hatte, aber mitten in der Nacht erwachte er. Er stand sofort aus dem Bett auf, der alte Oberst, und ging und schlug die Läden vom Fenster zurück.

Er hatte die Aussicht nach dem Garten, und nun sah er in der hellen Sommernacht alle alten Apfelbäume des Hofs, die knorrig dastanden mit wurmstichigen Blättern und mit unzähligen Stützen unter den morschen Ästen. Er sah den großen Wildapfelbaum, von dem man im Herbst ganze Tonnen ungenießbarer Früchte ernten würde. Er sah die Gartenerdbeeren, die gerade anfingen, unter dem dichten Laub zu erröten.

Der Oberst stand und sah das an, als wenn es ihm nicht möglich wäre zu schlafen. An seinem Fenster daheim im Bauernhof hatte er einen steinigen Waldhügel und ein paar Wacholderbüsche. Es war nicht verwunderlich, dass ein Mann wie Beerencreutz sich unter gestutzten Hecken und blühenden Rosen heimischer fühlte.

Wenn man einen Garten in einer stillen Nacht sieht, hat man oft das Gefühl, dass er nicht echt und wirklich sein kann. Er kann so still sein, dass man eher glaubt, sich in einem Theater zu befinden, man glaubt, dass die Bäume gemalt sind und die Rosen aus Papier zusammengekleistert. Und etwas Derartiges war es auch, was der Oberst fühlte, als er da stand. Es kann nicht möglich sein, dachte er, dass all dies richtig ist. Das ist wohl ein dummer Traum. Aber da fielen von dem großen Rosenbusch, der dicht unter dem Fenster stand, sacht ein paar Rosenblätter zu Boden, und da fühlte er wieder, dass alles echt war. Alles war echt und richtig, Tag und Nacht war derselbe Friede über allem.

Als er sich wieder hinlegte, ließ er die Fensterläden offen stehen. Er lag in seinem hochgetürmten Bett und sah immer wieder hinaus auf den Rosenbusch. Er konnte keine Worte dafür finden, wie sehr er ihm gefiel. Es drückte ihn ganz wunderlich, dass ein Mann wie Oestblad jede Nacht ein solches Paradies vor seinem Fenster haben sollte.

Je mehr der Oberst an Oestblad dachte, desto mehr verwunderte es ihn, dass dieses Fohlen in einen solchen Stall geraten war.

Es war nicht viel mit ihm los gewesen zu der Zeit, als er von Ekeby fortgejagt wurde. Es ließ sich nicht leicht voraussehen, dass er ein vermögender, in guter Position lebender Mann werden würde.

Der Oberst lag da und lachte leise, und es kam ihm in den Sinn, ob Oestblad sich jetzt wohl noch erinnerte, wie er sich einstmals in der Welt zu amüsieren pflegte, als er noch auf Ekeby hauste. In einer recht dunklen, unheimlichen Nacht hatte er sich wohl mit Phosphor bestrichen, sich auf ein schwarzes Pferd gesetzt und war fortgeritten über die gutsherrlichen Hügel, wo Schmiede und Müller ihre Wohnstätten hatten. Und wenn dann jemand zufällig herausguckte und einen Reiter vorbeisprengen sah, in blauweißem Licht leuchtend, dann hatte er sich beeilt, Laden und Gitter gut zu verschließen, und gesagt, dass es heute Nacht wohl das Beste sei, seine Gebete andächtig zu sprechen, denn nun sei der böse Feind in Person auf Seelenjagd aus.

Ach ja, ach ja, einfältiges Volk auf diese Art zu schrecken, damit vergnügte sich mancher in früherer Zeit.

Aber Oestblad trieb den Spaß weiter als irgendein anderer, von dem der Oberst je gehört hatte.

Da war ein altes Wurzelweib in Oiksta, einem Kätnergut unter Ekeby, gestorben. Oestblad erfuhr das zufällig, und ebenso erfuhr er, dass die Leiche aus dem Haus gebracht und in eine Scheune getragen worden war. Als es Nacht wurde, zog Oestblad die Feuerkleider an, bestieg das schwarze Pferd und ritt zum Hof. Und die Leute auf dem Kätnergut, die noch auf und im Freien gewesen waren, hatten gesehen, wie ein Feuerreiter hinauf zur Scheune ritt, wo die Leiche lag, sie dreimal umkreiste und dann durch das Tor verschwand. Sie hatten den Reiter auch herauskommen sehen, abermals dreimal das Haus umkreisen und dann verschwinden.

Am Morgen, als man zur Scheune kam, um nach der Leiche zu sehen, war sie fort. Und da glaubte man, dass der böse Feind sich der Toten bemächtigt und sie entführt hatte, und damit gab man sich zufrieden.

Aber ein paar Wochen später fand man die Leiche oben auf dem Heuschober in der Scheune, und da entstand ein großer Lärm über die Sache. Da spähte man aus, wer der Feuerreiter war, und die Bauern lauerten Oestblad auf, um ihm einen Denkzettel zu geben, und die Majorin wollte ihn nicht mehr an ihrem Tisch und in ihrem Haus sehen, sondern füllte seinen Ranzen und bat ihn, anderswohin zu ziehen.

Und Oestblad zog hinaus in die Welt und machte sein Glück.

Der Oberst fühlte etwas ganz Wunderliches, wie er da im Bett lag. Es war beinahe, als sollte er anfangen, sich zu fürchten. Er hatte früher gar nicht so recht gedacht, wie abscheulich diese Geschichte eigentlich war. Hatte wohl vielleicht sogar darüber gelacht; es war ja nicht üblich, dass man sich das, was einem alten Wurzelweib geschah, so sonderlich zu Herzen nahm. Aber Gott erbarme sich, wie rasend würde man werden, wenn einer unserer eigenen Mutter so etwas angetan hätte.

Den Oberst überkam ein erstickendes Gefühl. Er atmete schwer.

Es stand erschreckend furchtbar vor ihm, das, was Oestblad getan. Es wurde zu einem förmlichen Albtraum. Er fürchtete sich, die tote Alte hinter dem Bett hervorkommen zu sehen. Es war ihm, als müsste sie hier in der Nähe sein.

Und aus den vier Ecken des Zimmers erklang es dem Obersten mit entsetzlicher Gewissheit: Das verzeiht Gott nicht. Das hat Gott nicht vergessen.

Der Oberst schloss die Augen, aber da sah er mit einem Mal Gottes großen Webstuhl vor sich, in dem das Gewebe aus Menschenschicksalen gewebt war. Und er glaubte das Viereck zu sehen, das Fahnenjunker Oestblads Leben war, und er sah es auf drei Seiten von Dunkel umgeben. Und er sah ein, er, der sich auf Gewebe und Muster verstand, dass die vierte Seite auch mit Dunkel belegt werden musste. Es ging nicht anders an, sonst war das Gewebe verfehlt. Der kalte Schweiß brach auf seiner Stirn hervor. Es schien ihm, dass er auf das Unerbittlichste und Härteste in der ganzen Welt hinabschaute. Er sah, wie das Schicksal, das ein Mensch sich in seinem vergangenen Leben geschaffen hatte, ihn verfolgte. Und da dachte mancher, dass er dem entkommen könnte!

Entkommen, entkommen! Alles war aufgezeichnet und eingeritzt, und die eine Farbe und Figur zwang die andere hervor, und alles wurde so, wie es werden musste.

Oberst Beerencreutz setzte sich mit einem Mal gerade im Bett auf, er wollte hinaussehen auf Blumen und Rosen und denken, dass vielleicht unser Herr dennoch vergessen könnte.

Da, im selben Augenblick, als Beerencreutz sich im Bett aufsetzte, öffnete sich die Schlafzimmertür, und ein fremder Mann steckte den Kopf herein und nickte dem Oberst zu.

Es war jetzt so hell, dass der Oberst den Mann ganz deutlich sah. Das war wahrlich das hässlichste Gesicht, das er je gesehen. Es hatte graue Schweinsaugen und eine eingedrückte Nase und einen dünnen, borstigen Bart. Er konnte nicht sagen, dass der Mann wie ein Tier war, denn Tiere sind meistens schön. Aber er hatte doch einen tierischen Stempel. Sein Unterkiefer war vorgeschoben, das Kinn war dick, und seine Stirn verschwand ganz unter dem struppigen Haar.

Er nickte dem Oberst dreimal zu, und jedes Mal dazwischen kicherte er mit einem breiten Grinsen. Dann streckte er eine Hand aus, die rot von Blut war, und zeigte sie gleichsam triumphierend.

Bis dahin hatte der Oberst in einer Art Lähmung still gesessen, aber nun sprang er auf und war in zwei Schritten bei der Tür. Doch als er hinkam, war der Mann verschwunden und die Tür versperrt.

Der Oberst wollte schon rufen und klopfen, als ihm einfiel, dass die Tür von seiner Seite verriegelt sein musste, da er dies selbst am Abend besorgt hatte. Und als er sie untersuchte, verhielt es sich genau so, sie war also nicht geöffnet worden.

Und den Oberst überfiel eine Art Beschämung darüber, dass er auf seine alten Tage anfing, Gespenster zu sehen. Er ging und legte sich wieder hin.

Als die Nacht endlich vorbei war und das Frühstück verzehrt, war der Oberst noch beschämter über sich selbst. Er hatte sich selbst in solchen Schrecken versetzt, dass er gezittert hatte und von kaltem Schweiß bedeckt war. Er erwähnte die ganze Sache mit keinem Wort.

Später am Tag machten Oestblad und er eine Runde um die Besitzung. Und als sie an einem Arbeiter vorbeikamen, der dastand und Torf ausstach, erkannte Beerencreutz ihn wieder. Das war der Mann, den er in der Nacht gesehen hatte, er erkannte ihn in allen Details. »Lieber Bruder, diesen Mann würde ich nicht einen Tag länger in meinen Diensten behalten«, sagte Beerencreutz, als sie ein Stück weitergegangen waren. Und nun erzählte er Oestblad, was er in der Nacht gesehen hatte. »Ich erzähle dies einzig und allein, damit Ihr Euch warnen lasst, Bruder, und diesen Menschen aus Eurem Dienst jagt.«

Aber Oestblad wollte nicht, er wollte gerade diesen Arbeiter nicht fortjagen. Und als Beerencreutz immer eindringlicher wurde, bekannte er endlich, dass er gegen diesen Mann nichts tun wollte, weil er der Sohn eines Wurzelweibes war, das auf Oiksta nahe von Ekeby gestorben war. »Ihr erinnert Euch wohl der Sache, Bruder«, fügte er hinzu.

»Wenn das das so ist, dann würde ich lieber ans Ende der Welt ziehen, als einen einzigen Tag in der Nähe dieses Mannes leben«, sagte Beerencreutz. Und eine Stunde später reiste er ab und war beinahe erzürnt darüber, dass seine Warnung kein Gehör fand.

»Hier geschieht ein Unglück, bevor ich wieder herkomme«, sagte der Oberst zu Oestblad beim Abschied.

Im nächsten Jahr um dieselbe Zeit machte sich der Oberst bereit, nach Halstanäs zu fahren. Doch bevor er ankam, erreichte ihn eine grausige Nachricht. Genau ein Jahr nach der Nacht, die er dort verbracht hatte, waren Fahnenjunker Oestblad und seine Frau in ihrem Schlafzimmer ermordet worden, von einem seiner Kätner, einem Manne mit dickem Stierhals, eingedrückter Nase und Schweinsaugen.

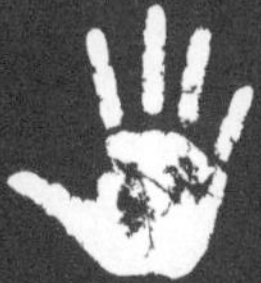

Vineta

Es war eine Juninacht vor einigen Jahren. Ein Dampfschiff, das die Tour zwischen Stockholm und Visby machte, glitt über die Ostsee hin. Es war vollkommen still. Das Meer machte keine einzige Bewegung, es schien nur darauf bedacht, den bleichroten Himmel widerzuspiegeln. Es entstanden Schattierungen und Farbbrechungen wie auf Seide, wenn Kette und Einschlag von verschiedener Farbe sind.

Als die Passagiere in die Kajüte gegangen waren, begann der Steuermann des Dampfschiffs eine alte, schöne Melodie zu summen. Bald darauf sang er die Worte zu der Melodie, und je weiter die Nacht fortschritt, desto deutlicher sang er, obgleich er nie die Stimme mit voller Kraft ertönen ließ. Er änderte die Melodie nicht, sondern fuhr die ganze Zeit fort, dieselbe Weise zu singen.

An Bord befand sich ein reisender Engländer, der auf dem Verdeck geblieben war, von der Schönheit der Nacht gefesselt. Er hatte lange dem Singen zugehört und war ganz vertieft darin gewesen, dann hatte er sich losgerissen und war nach rückwärts gegangen, gleichsam wie um außer Hörweite zu kommen. Nun schritt er wieder nach vorn und ging gerade zu dem Steuermann hin.

»Was ist das für ein Lied?«, fragte er auf Englisch.

Der Seemann, der auf großen Reisen gewesen war, verstand recht gut Englisch, aber mit seiner Fähigkeit, es zu sprechen, sah es windig aus. Er wusste nichts anderes von seinem Lied zu sagen, als dass es die Weise von Vineta war. »Ja«, sagte der Engländer, »das dachte ich mir schon, die Weise von Vineta.« Sein Ton war im höchsten Grade ärgerlich, aber gleichzeitig lächelte sein ganzes Antlitz, wie um sich vorzubehalten, dass es ihm nicht Ernst war. »Dieses Wort habe ich Sie jetzt die ganze Nacht hindurch singen hören, es war alles, was ich verstehen konnte. Aber jetzt frage ich: Ist das ein Lied für einen Steuermann? Vineta, das ist ja eine versunkene Stadt auf dem Grund des Meeres. Stellen Sie sich nun vor, hier an Bord wäre einer, der an Vorausdeutungen glaubte. Müsste der sich nicht fragen, ob Vineta das Ziel ist, zu dem Sie dieses Boot steuern?«

Er sprach mit derselben Gereiztheit und demselben Lächeln, als bäte er sich aus, dass man meinte, es sei sein Ernst. Der Seemann stand auch ganz gelassen da und lächelte. Er verstand jedes Wort, konnte aber keine Antwort zusammensetzen.

Der Engländer fuhr fort. »Lassen Sie uns vernünftig sprechen«, sagte er, aber das Lächeln wich noch immer nicht von seinem Gesicht. »Ich möchte gern, dass Sie mir ein paar Fragen beantworten. Glauben Sie wirklich nicht, dass es Ereignisse gibt, die nur da sind, um andere Ereignisse vorzubereiten?«

Diesmal hatte der Steuermann ihn nicht verstanden. Er schüttelte den Kopf. Der Engländer schwieg eine Weile und dachte nach, wie er seine Frage deutlicher vorbringen könnte. »Ich will Ihnen etwas erzählen, damit Sie mich begreifen«, sagte er endlich. »Als ich zwölf Jahre alt war, entschlossen sich meine Eltern auszuwandern, und ich sollte natürlich mit. Auf der Eisenbahnreise nach Liverpool sah ich vom Fenster eines Eisenbahnabteils aus eine Schule vorbeiziehen. Ich sage Ihnen, ich kann noch diese Knaben sehen, die von einem freien Tag im Grünen heimkehrten. Ich erinnere mich an ihre roten Wangen, die Blumen, die sie trugen, das Laub, mit dem sie ihre Hüte geschmückt hatten. Nicht wahr, es war doch nur ein schöner Anblick, sie zu sehen, und doch erfasste mich Angst. Es schien mir, als seien die Knaben in Wirklichkeit gar nicht da, als verkündigten sie nur etwas, das kommen sollte. Und ohne dass ich bis jetzt wüsste, warum, schlug ich die Hände vor die Augen und fing an, zu weinen. – Und in der Nacht, die wir in Liverpool zubrachten, hatte ich einen warnenden Traum. Ich träumte, dass ich an Bord des Auswanderungsdampfers war. Im Traum sah ich, wie das Schiff eben in See stechen wollte, und ich bemerkte, dass ein Matrose damit beschäftigt war, einen Wimpel auf dem Toppmast zu hissen. Da dachte ich im Traum: ›Dieser Wimpel kommt niemals hinauf‹, und so war es. Als er in halber Höhe des Mastes war, verwickelte er sich im Tauwerk und saß fest. Ich sah, wie der Mann zerrte und zog, um ihn herabzubekommen, und wie er aufs Neue festsaß, als er ihn abermals hinaufhisste. Er konnte ihn nie weiter als in halbe Höhe des Mastes bringen. Mehrere eilten hinzu, ihm zu helfen; es entstand Aufregung und Verwirrung, der Kapitän kam, und die Steuermänner kamen. Es war mir, als könnte ich gar nicht verstehen, warum die Leute so viel Aufheben wegen eines Wimpels machten. Es wurden immer mehr, die zogen und zerrten; aber der Wimpel ging nicht hinauf, und es verbreitete sich ein unerklärliches Entsetzen. Alle an Bord scharten sich um den Mast, und sie gerieten außer sich vor Angst, als sie sahen, dass der

Wimpel nicht hinaufging. Sie warfen sich alle auf die Knie, um Gott zu bitten, er möge den Wimpel hinaufgehen lassen. Ich, im Traum, war noch gar nicht ängstlich, aber plötzlich wurde ich es, als ich das Entsetzen der anderen bemerkte. Die Menschen waren leichenblass, ihr Haar sträubte sich, die Augen traten aus ihren Höhlen, es röchelte in ihren Kehlen, und sie falteten die Hände so krampfhaft, dass die Gelenke knackten. Da erfasste mich solche Angst, dass ich erwachte. Noch am nächsten Tag saß mir der Schrecken in den Gliedern. Man wollte mich an Bord nehmen; aber ich ging nicht. Es lag ein solches Entsetzen über mir, dass meine Eltern glaubten, ich würde wahnsinnig werden, wenn sie mich zwangen, mitzukommen, und so ließen sie mich in England. Nachher zeigte es sich, dass dies ein Omen gewesen war. Ich wurde in jene Schule gebracht, deren Zöglinge ich auf dem Weg gesehen hatte. Das Auswanderungsboot litt Schiffbruch, meine Eltern und Geschwister und die meisten meiner Familie ertranken.«

Während der Engländer dies erzählte, war seine Stimme sehr düster und sein Gesicht ganz ernst; aber kaum hatte er aufgehört, von dem Traum zu sprechen, als auch schon das Lächeln, das stets gegen seine Worte zu protestieren schien, sich wieder auf seinem Gesicht zeigte. »Nun«, sagte er, »verstehen Sie es jetzt? Glauben Sie nicht, dass manche Ereignisse nur Vorboten anderer sind, die kommen sollen?«

Der Steuermann wendete nun die Augen vom Kompass ab und musterte den Engländer. Er sah einen jungen Mann, der blässlich war und ein unauffälliges, recht angenehmes Äußeres hatte. Der Mann blickte ihn an, als ob er etwas Merkwürdiges in ihm suchte. Während der Fremde von seinem Traum sprach, hatte er selbst sich von einem Schauer nach dem anderen durchschüttelt gefühlt.

Aber er antwortete nur: »Wie sollte das möglich sein!« Der Engländer zuckte die Achseln. »Möglich!«, wiederholte er in beinahe überredendem Ton. »Könnte man sich nicht vorstellen, dass die Natur sich um den einen wie für den anderen sorgt? Das Meer zum Beispiel«, fügte er einschmeichelnd hinzu, »gibt ja immer dem einen gutes Wetter und dem anderen schlechtes.«

Der Seemann nickte zustimmend.

Der Fremde fuhr mit neuem Mut fort. »Und haben Sie wirklich selbst nie ein solches Warnungszeichen an sich erfahren? Haben Sie nie daran gedacht, dass dieses Lied von Vineta als Omen aufgefasst werden könnte? Pflegen Sie es jede Nacht zu singen?«

Dies gab dem Steuermann einen Ruck, und er blickte beinahe mit Angst auf den Engländer, plötzlich raffte er sich auf, lächelte gutmütig und deutete auf eine Bekanntmachung, die dicht daneben angeschlagen war: »Die Passagiere werden ersucht, den Steuermann nicht anzusprechen.« Er übersetzte dies langsam und ausdrucksvoll.

Der Engländer starrte ihn eine Sekunde an, ohne ihn zu verstehen. Dann begriff er und ging lächelnd nach rückwärts.

Aber der Steuermann atmete erleichtert auf. Wenn der Mann Gelegenheit gehabt hätte, mehr zu fragen, würde er wohl aus ihm herausgelockt haben, wer ihn die Weise gelehrt und warum er sie so lange nicht gesungen hatte. Schließlich würde er ihm noch weisgemacht haben, es habe etwas zu bedeuten, dass er das Lied nun wieder gesungen habe. Er lächelte unwillkürlich darüber, dass es Tod und Untergang bedeuten sollte, dass er die Weise sang. Wenn irgendein Sinn darin lag, so verkündete es wohl eher Auferstehung. Und er begann aufs Neue zu summen.

***

Seit drei Tagen lag ein Nebel über Visby. Er war eines Morgens um die sechste Stunde über die Stadt gekommen, einen Augenblick, bevor das Stockholmer Boot in den Hafen eingelaufen war; und seither hatte er dicht über der Stadt geruht. Es war ein recht angenehmer Nebel. Ganz weiß, sehr dicht, leicht und in ständiger Bewegung. Er flößte immer die besten Hoffnungen ein, dass er im nächsten Moment schwinden würde, er hinderte die Sommerwärme nicht, sich geltend zu machen, er klebte sich nicht fest wie raue Feuchtigkeit, weder an Mauern noch an Bäumen; der Boden war trocken, wie bei Sonnenschein. Trotz alledem wirkte der Nebel ein wenig niederdrückend, es war, als würden auch die Gehirne unsicher und tastend, weil die Blicke es nie schafften, den weißen Schleier zu durchdringen. Er hatte ungefähr dieselbe Wirkung wie die Dunkelheit der Nacht. Die Leute fühlten sich geneigt, an übernatürliche Dinge zu glauben, etwas für möglich und wahr zu halten, dem sie sonst keinen Gedanken geschenkt haben würden.

Um diese Zeit wohnten die alten Fräuleins Isfeldt in Visby. Es waren drei alte Damen, die den Ort und seine Geschichte kannten, Damen, die selbst mit zu seiner Geschichte gehörten. Es verhielt sich nämlich so, dass die armen Leute in Visby die Gewohnheit angenommen hatten, mit allen ihren Kümmernissen zu diesen Damen zu kommen. Und so nach und nach war etwas zwischen Seelsorgern, Armenvorstehern und regierenden Fürstinnen aus ihnen geworden. Es waren sehr gütige Frauen, aber sie hatten etwas von »Vorsehung« an sich.

Am Abend des dritten Nebeltages bekamen diese Fräuleins in ihrem alten Haus den Besuch eines reisenden Engländers, der sanft und angenehm aussah; er stellte sich als Mr Edward Stone vor, Lehrer an einer Schule in London, und befand sich gerade auf einer Reise durch Skandinavien, um geologische Studien zu machen.

Mr Stone erschien nicht allein; mit ihm kam Tom Sundling, der Steuermann auf einem der Stockholmboote und ein alter Bekannter der Fräuleins war. Sie kannten ja im Übrigen den ganzen Ort. Es war beinahe unmöglich, von ihnen nicht gekannt zu werden.

Tom ging sofort auf Fräulein Maria zu, und da wussten die Fräuleins gleich, dass er eine Helferin brauchte, die beredt war; denn hätte es sich um etwas Geschriebenes gehandelt, so würde er sich an Fräulein Hilda gewendet haben, und wäre die Rede von tatkräftiger Hilfe gewesen, dann hätte Fräulein Alma herhalten müssen.

»Fräulein Maria«, sagte er in müdem und niedergeschlagenem Ton, »ich habe mit diesem Herrn eine Sache zu besprechen; aber ich kann nicht gut genug Englisch. Ich verstehe ihn; aber wenn ich selbst sprechen soll, finde ich die Worte nicht.«

Daraufhin setzte sich Tom auf ein Sofa, ohne dass ihn jemand dazu aufgefordert hätte, und der Engländer tat ein Gleiches. Die Schwestern sahen einander lächelnd an und schüttelten alle drei gleichzeitig den Kopf. Diese Männer waren augenscheinlich ganz aus dem Gleichgewicht. Schwester Maria würde wohl mit einem ungewöhnlichen Anliegen zu tun bekommen.

»Fräulein Maria«, fuhr Tom fort, »niemand ist so mit in der ganzen Sache gewesen wie Sie und die anderen Fräuleins, und Sie können Englisch sprechen. Wenn Sie darum so gut sein wollen, mir zu helfen, müssen Sie diesem Herrn Veras Geschichte erzählen.«

»Tom«, erwiderte Fräulein Maria Isfeldt und erhob sich in ihrer ganzen Würde. »Das will ich keineswegs.«

Und gleichzeitig mit Fräulein Maria erhoben sich auch Fräulein Hilda und Fräulein Alma, und der Engländer, der nichts von dem verstand, was gesagt worden war, merkte plötzlich, dass die drei einfachen, alten Frauen feine und vornehme Damen waren.

Der Seemann zuckte die Achseln, wie um zu sagen, dass er sich schon geweigert hatte, aber vergebens. »Sie will es selbst«, sagte er.

Fräulein Maria fuhr mit ihrem gewohnten Eifer auf: »Das hätte ich nicht von Ihnen erwartet, Tom Sundling«, sagte sie. »Wenn auch Vera schlecht gegen Sie gehandelt hat, Tom, so hätte ich doch nicht geglaubt, dass Sie sie an einen Fremden verraten würden. Was will er mit ihr? Will er ein Buch über euch schreiben? Es gibt genug schlechte Bücher in der Welt. Sind Sie so sicher, Tom, dass Sie nicht Vera größeres Unrecht zugefügt haben als Vera Ihnen?«

Tom nahm den Tadel geduldig entgegen. Er war wie ein Pferd, das müde gehetzt wurde und sich nicht einmal bei einem Peitschenhieb aufraffen kann. Er wendete sich jetzt an den Engländer und sagte: »Fräulein Maria will wissen, warum Sie es wissen wollen.« Darauf setzte er sich auf das schmale Sofa, lehnte den Kopf gegen die Wand und saß so starr und unbeweglich, als wäre er festgenagelt, während der Engländer sprach.

Dieser wünschte nichts sehnlicher, als sprechen zu dürfen. Die Fräuleins hätten darauf schwören mögen, dass der Mann sonst ebenso schweigsam war wie Tom offen und gesprächig. Sie schienen beide aus ihrem gewohnten Gemütszustand gerissen zu sein, was ihnen auch sonst widerfahren sein mochte.

»Fräulein Maria«, sagte er, »ich kam vorgestern nach Visby, und in dieser Zeit ist es mir gelungen, eine Menge Dummheiten anzustellen.« Er lachte leicht, und die drei kleinen alten Damen tauten sichtlich auf. Er weckte offenbar ihr Mitgefühl.

»Es ist alles die Folge davon, dass ich vorgestern Nacht aufs Meer hinauskam. Ich werde immer erregt, wenn ich zur See bin. Das Meer ist schuld daran, dass ich ein einsames und freudloses Dasein führen musste. Ich glaube nicht, dass es etwas gibt, das ich so hasse wie das Meer.«

Mr Stone merkte, wie die kleinen alten Damen ihm gleichsam näherkamen. Auf einmal hatte er nicht mehr das Gefühl, unter Fremden zu sein; er saß zwischen alten, treuen Freunden.

»Es ist wohl am besten, wenn ich gleich eine Bemerkung über mich selbst vorausschicke«, sagte er. »Ich bin ein Mann der Wissenschaft, und die natürlichen Beziehungen zwischen Ursache und Wirkung sind das, woran ich in Wirklichkeit felsenfest glaube. Aber als Kind erhielt ich einen starken Stoß zum Mystischen hin, und das fordert zuweilen sein Recht. Ich habe zwei verschiedene Menschen in mir!«

Mr Stones Blick wurde mit einem Mal unsicher, und sein Mund lächelte geheimnisvoll. »In meiner Jugend, in meiner einsamen, sehnsüchtigen Jugend kannte ich keine andere Freude, als zu träumen. Ich dachte da wohl, dass das Meer seine Schuld gegen mich sühnen würde, indem es mich reich machte. Nun, vorgestern Nacht, als das Meer ganz still lag, tauchte der Gedanke in mir auf, dass es sich so freundlich zeigte, weil ich an Bord war. Und der alte Gedanke von der Versöhnung kam gleich wieder hervor. »Stellen Sie sich vor«, sagte er mit einem entschuldigenden Lächeln, »ich habe oft geträumt, dass ich als Taucher auf den Grund des Meeres hinabstieg und nach Perlen suchte. Und das Meer zeigte mir, was es nie vorher einem Menschen gezeigt hatte. Die Seetangschlingen glitten zur Seite, und ich sah, wie eine Grotte sich öffnete, dicht mit wunderbaren, großen Muscheln besetzt. Riesengroß waren sie und lagen eng aneinander, an den Wänden der Grotte befestigt, wie Weihwasserkessel. Aber wenn ich eintrat, da schlossen sie alle auf einmal ihre Schalen auf, und ich sah ihr Inneres von großen, leuchtenden Perlen erfüllt.

Dieser Traum kam nun wieder. Aber ich liebe es

nicht, in die Phantasien meiner Kindheit zurückversetzt zu werden. Sie bringen die Erinnerung an so viel Kummer und Einsamkeit mit sich. Ich begann, auf dem Verdeck auf und ab zu schreiten, um diese Gedanken zu verscheuchen. Da hörte ich, wie der Mann am Steuer eine Weise sang. Ich fing ein Wort auf, Vineta, und sogleich war ich aufs Neue gefangen. Ich lauschte, ja, Fräulein, ich lauschte dieser Weise, wie ich nie auf Erden etwas gelauscht. Und ich betrachte den Mann, der singt. Sein Aussehen, seine Tracht, alles nehme ich in mich auf. Und dann fange ich an, mich zu wundern, warum ich mich darin vertiefe, ob es etwas zu bedeuten, etwas zu verkünden hat.«

Er beugte sich vornüber und sah zu Boden. Es war, als starrte er in eine unendliche Tiefe einsamen Schmerzes hinab. Gleich hatte Fräulein Maria ihre Hand in der seinen, und Fräulein Hilda klopfte ihn auf die Schulter.

»Ich wäre als Kind nicht so einsam gewesen, wenn nicht etwas in mir gelegen hätte, das mich von anderen trennte. Ich bildete mir stets ein, von warnenden Erscheinungen, von Omen umgeben zu sein. Und ich war stolz darauf, es war, als ob die Vorsehung ganz besonders über mich wachte. Aber das hieß ja nur, das Leben zu einer wilden Jagd von Ahnungen und Voraussagungen zu machen, in der ich hin- und hergeschleudert wurde.« Der Mann nahm sich wieder zusammen. »Verzeihen Sie«, sagte er lächelnd, »ich bin nicht hergekommen, um zu klagen. Ich wollte nur sagen, dass all dies vorgestern Nacht wieder über mich kam, und wissen Sie, was ich da tat? Ich ging zum Mann am Steuer hin und fragte ihn, ob er nicht fühlte wie ich. Aber er nahm meine Frage nicht ernst; hätte er es getan, hätte er geantwortet, dass er war wie ich, ich wäre ihm vor Freude um den Hals gefallen.

Am Morgen, als wir hier in Visby erwachten, hatte ich all das Übernatürliche von mir gewiesen; aber der Nebel brachte es zurück. Das Omen hatte recht, die Stadt, in die ich kam, war ja Vineta. Wie sie auch in Wirklichkeit hieß, der Nebel machte sie zu Vineta.

Das war unwiderstehlich, unwiderleglich. Es ist möglich, dass ich der Erste war, der das Wort aussprach; aber in einem Augenblick flog es von Mund zu Mund unter all den Reisenden. Wir waren ja draußen auf dem Meer eingeschlummert, und als wir nun erwachten, umgab uns nicht Luft, sondern helle Feuchtigkeit. Wir konnten nicht weit sehen; doch erblickten wir die verschwommenen Umrisse altertümlicher Türme und

Giebel, als wären wir in eine große Ruinenstadt gekommen. Es war augenscheinlich für uns, dass wir uns auf dem Grund des Meeres befanden; all das Weiße, das um uns dampfte, es war das Meer selbst, und die Stadt vor uns, das war die tote Stadt auf dem Meeresgrund, das versunkene Vineta.

Ich habe Ihnen gesagt, Fräulein, wie ich als Kind träumte, wie ich träumte, dass das Meer mich reich machen würde. Ich träumte auch, das Meer würde mich glücklich machen. Im Traum pflegte ich mir einzubilden, dass ich in eine Stadt auf dem Grund des Meeres gekommen sei. Ich fühlte, dass ich vom Meer umgeben war; aber ich ging dort umher, ohne dass es mich behinderte. Und dabei war ich unglücklich. Es gehörte mit zu diesem Traum, dass ich an alles denken musste, was unangenehm war, zerrissene Kleider ebenso wie schwere Lektionen. Aber am tiefsten empfand ich es, dass ich allein war. Ich wanderte Gasse auf, Gasse ab, war sehr müde und hungrig und wusste gar nicht, welchen Weg ich nehmen sollte. Aber da kam ich zu einer Gasse, die ich wiederzuerkennen glaubte, ich sah ein freundliches, altes Haus mit einer großen Steintreppe, und auf der Treppe saß ein Mädchen. Als ich näher kam, da sprang mir das Mädchen gleich entgegen, sie umfasste mein Handgelenk mit ihrer Hand und zog mich mit sich ins Haus. Und das Mädchen war meine Schwester, das Haus war unser altes Haus, meine Eltern saßen drinnen und warteten auf mich. Aber in das Haus hinein kam ich nicht, ich träumte eigentlich nie weiter, als bis meine Schwester ihre Hand auf meinen Arm legte. Ich empfand dies als etwas unsäglich Weiches, die Berührung dieser kleinen, festen Hand; da war es mit allem Kummer vorbei, es war die schönste Anwandlung, ich fühlte mich von Glück durchströmt. Sehen Sie, Fräulein Maria, als ich durch Visbys Gassen schritt, empfand ich genau das Gleiche. Ich war unglücklich, wie ich es in meinen Phantasien zu sein pflegte. Und ohne zu erwägen, wie nutzlos es war, ging ich und suchte nach unserem alten Haus.

Es kam wohl alles vom Nebel her. Ich bin ja an Nebel gewöhnt; aber der ist dunkel, schmutzig, grau. Dieser hingegen ist fein, leicht, weiß wie Blütenstaub. Dieser Nebel erzeugt Illusionen. Er macht alles so grenzenlos groß, die Straßen nehmen niemals ein Ende, und die Turmspitzen verhauchen oben im Unendlichen. Dieser Nebel macht alles ehrwürdig-altertümlich, er verleiht den Ruinen das Dasein von Jahrtausenden, er drängt sich zwischen die Bäume, vergrößert die Stämme und macht das Laub dicht und üppig. Ich sah kein frühlingsjunges Laub. Diese Blätter waren vor Jahrhunderten erschaffen, sie hatten schon Jahrhunderte durchlebt.

Und der Nebel gibt vor allem Schönheit. Wie er drapiert, wie er verhüllt, wie er nachdunkelt; Schönheit gibt er. Und alles dies machte, dass diese Stadt sehr wohl meine geträumte Stadt sein konnte. Es schien mir, ich sei auf dem Grund des Meeres der Zeit. Hier war nicht mehr das Vergängliche, das auf ihrer Oberfläche tändelte; hier war der mächtige Bodensatz der Erinnerungen. Hier muss ich meine Toten finden.«

Er blickte zu den alten Damen hin, um zu sehen, ob sie ihn verstanden. Und sie nickten zustimmend, als hätten sie schon lange das Ganze herausgefunden. »Es schien mir«, fuhr der Engländer fort, »dass alle die Menschen, die ich traf, Leute waren, die das Glück besessen und verloren hatten. Ich sah sie hier gehen, in nach innen gewendeter Freude, niemand suchend, nichts wünschend, den Gegenwärtigen fremd, in all jenem lebend, das gewesen ist. Ich verstand die Sagen von Atlantis und Vineta, von den Ländern und Städten der Tiefe, die so herrlich sind, dass Goldäpfel aus jenen Teilen von ihnen erblühen, welche die Oberfläche des Meeres erreichen. Das entschwundene Glück will auch ein Heim haben. Dies sind die Städte und Länder der Erinnerung. So ist es, so hat die Dichtung es verstanden. Nun gut, eine solche Stimmung war es, in die der Nebel mich versetzt hatte. Ich war zurückgekehrt zu meinem entschwundenen Glück, ich war in meiner Heimat. Da saß ich nun und blätterte in unserem alten japanischen Bilderbuch. Denn, sehen Sie, der Nebel verbirgt ja alles, man sieht nur ein Ding auf einmal, ganz ohne Perspektive; aber man sieht das eine Ding um so viel besser, gerade wie auf den japanischen Bildern.

Es war ein kleines schwarzes Haus mit weißen Fensterbrettern und weißen Ecken, und die Fenster waren voll roter Geranien. Da stand es, auf seiner eigenen Seite im Bilderbuch, man konnte nicht vermeiden, es zu sehen, man sah nichts anderes. Und an einer anderen Stelle war ein großer Fliederstrauch, schwer von Blüten. Er prahlte mit seinen Blumen, als wäre er der einzige Fliederstrauch der Welt, und verlangte, danach geschätzt zu werden.

Aber was sagen Sie dazu, Fräulein Maria, dass ich mitten in all dem das Lied des Steuermanns hörte? Vineta, Vineta, erklingt es vor meinem Ohr; aber der Nebel ist dicht um mich, und ich kann nicht sehen, wer es ist, der singt. Und ich begebe mich auf die Jagd nach dem Lied.

Ich durchblättere das Bilderbuch Blatt für Blatt, während ich nach dem Lied forsche. Da waren Portale, da waren Mauern mit Schlingpflanzen, da war eine Seilerwerkstatt. Es ist verblüffend, zu sehen, wie die Menschen sich eingerichtet haben, in der Stadt der Erinnerung zu leben, wie sie ihre kleinen Hütten hinauf an die ewige Ringmauer lehnen, wie sie ihre Torwege mit den geschnitzten Pforten der Mönche verschließen. Was ich zuletzt sah, war eine Schmiede. Die stand so prächtig schwarz gegen die weiße Luft, und sie war uralt. Sie hatte keine Tür auf die Gasse, nur eine große Luke, und durch die konnte man die Feuerstelle mit den glühenden Kohlen sehen. Folgen Sie mir, Fräulein Maria?«

»Mr Stone«, antwortete Fräulein Maria munter, »Sie haben mich am Arm. Ich begleite Sie. Sollen wir bei der Schmiede stehen bleiben?«

Mr Stone strich sich mit der Hand über die Stirn und holte tief Atem. »Es ist töricht von mir, mit Ihnen von dem zu sprechen, was Sie tausendmal gesehen haben; aber ich möchte, dass Sie wissen, wie ich es sah. Nein, wir wollen nicht bei der Schmiede stehen bleiben; ich will von ihr nur sagen, dass sie mir unheilverkündend vorkam, dass sie mir einen unheimlichen Eindruck machte.«

Die Fräuleins tauschten einen hastigen Blick voll Erstaunen und Interesse. Mr Stone fuhr fort:

»Hinter der Schmiede fand ich das Lied. Dort wird die Gasse nicht von Häusern oder Mauern begrenzt, nur der Berg selbst springt vor. Den Felsen hinauf rankt sich Efeu, und darüber hin hängt Clematis; aber auf seiner Spitze steht ein Goldregenbusch. Und dank dem Nebel denkt der Busch, ebenso wie der Fliederstrauch vorhin, er sei der einzige in der Welt, und blüht danach; aber die Bürde ist ihm zu drückend geworden und die blütenschweren Zweige sind dem Zusammenknicken nahe. Da liegt auf seinen Knien ein Mädchen und bindet den Goldregen nach oben. Sie ist es, die das Lied singt.

Es wäre ja Wahnwitz, zu sagen, dass diese Weise die schönste auf Erden sei oder das Mädchen, das sie sang, anmutiger als andere Frauen; aber nie habe ich mich so zu irgendeiner anderen Melodie oder irgendeinem anderen Mädchen hingezogen gefühlt.

Ich habe gesagt, dass ich die Stadt mit einem japanischen Bilderbuch verglich. Ich erinnere Sie daran, damit Sie bemerken, wie gut sie, die den Goldregen aufband, in das Bild hineinpasst. Ist der Typus nicht japanisch? Der Körper ist so zart, dass der Kopf mit dem schweren

Haar zu groß zu sein scheint, und die Augen sind schräg. Dazu kommt, dass sie immer den Kopf auf die eine Seite gleiten lässt, und die Hände hängen so hilflos hinab. Sie gleicht sicher keiner anderen auf der Insel. Es scheint mir, dass sie anders sein muss als alle Übrigen, auch in seelischer Beziehung, und dass das Leben hier schwer für sie sein muss, als sei sie von fremder Herkunft.« – Hier tauschten die alten Damen denselben verwunderten und bekräftigenden Blick wie vorhin.

»Als ich durch den Ort ging, war mir aufgefallen, dass an jedem Hause ein kleiner Zettel hing. Diese Zettel bedeuteten jedenfalls, dass es Zimmer zu vermieten gab. Nun war nur eines möglich, nämlich nachzusehen, ob die Sängerin ein Zuhause hatte und ob ein solcher weißer Zettel daran zu sehen war. Alles verhielt sich so, wie es sollte, hinter dem Goldregenbusch stand ein Haus; an der Tür des Hauses hing ein weißer Zettel. Ich gehe ins Hotel hinab, suche den Portier auf, der Englisch spricht, und bringe die Sache in Ordnung. Bevor der Abend angebrochen ist, bin ich in ein kleines Zimmer eingezogen, das als vierte Wand die Ringmauer hat. Dicht neben mir höre ich das ständige Ticktack einer Nähmaschine. Ich denke, dass die Mutter der Sängerin Näherin sein muss.

Von meinem Fenster aus sehe ich auch den Felsen mit dem Goldregen. Da ist auch ein kleiner, schlecht gepflegter Garten. Die Sängerin geht darin umher und jätet; aber es will nicht recht vorwärtsgehen. Wenn das Unkraut schön ist, lässt sie es stehen, sie hat nicht das Herz, es auszureißen.

Anfänglich bringe ich die Zeit an meinem Fenster zu und folge ihr mit den Augen. Sie sieht es und findet wohl mein Betragen wunderlich: aber sie lässt mich gewähren. Als sie sich endlich auf einer kleinen, schmalen Bank zur Ruhe setzt, gehe ich hinaus und lege mich ins Gras, zu ihren Füßen, ›Vineta‹, sage ich und sehe sie bittend an. ›Vineta‹, wiederholt sie fragend, sie will mir gern gefällig sein, aber ich erscheine ihr sehr wunderlich. Dann versteht sie, was ich will, und beginnt das Lied zu singen. Sie lehrt es mich später, Laut für Laut. Ich verstehe nicht ein Wort, aber ich bin nie so zufrieden gewesen.

Als ich das Lied gelernt habe, ist es klar, dass wir Freunde sind. Sie will mir ihr Eigentum zeigen, da ich ein unbekannter Fremdling bin. Und wissen Sie, was sie tut, sie legt ihre Hand um mein Handgelenk. Sehen Sie, sie will mich mit sich nehmen, und sie kann mir nicht sagen, wohin ich gehen soll. Wie ich schon früher erwähnte, es ist seltsam, wie die Menschen sich eingerichtet haben, in der Stadt der Erinnerung zu leben; hier hatten sie an einigen Nischen der Ringmauer Türen angebracht und dort verwahrten sie ihre Essensvorräte. Wozu konnte die Mauer nicht gebraucht werden! Sie war hohl, sie verwendete sie als Hühnerhaus. Darüber war ein Starenkäfig und ein Taubenschlag, da hing sogar ein Kanarienvogel in seinem Bauer. Vogelhaus an Vogelhaus, so weit sie hinaufreichen konnte. Aber damals dachte ich nicht daran, obgleich ich es sah. Ich dachte daran, dass sie die Hand auf meinen Arm gelegt hatte. Die kühle Hand hatte sich darum geschlossen wie der Glücksring im Märchen. Das war mein Traum. Ich wurde mit einem Schlag ganz ruhig, so fröhlich und vergnügt war mir zumute. Nun war ich wirklich heimgekehrt. Wenn ich früher im Leben geglaubt hatte, ich sei zufrieden, so war es, weil ich vergessen hatte, was Glück war.

Gestern führte sie mich im Ort umher und zeigte mir auch die Gegend außerhalb der Mauern. Sie fühlt für mich wie für ein verirrtes Kind, und ich lasse sie für mich Sorge tragen.

Heute zur Mittagszeit wurde es mir klar, dass sie meine Frau werden muss. Ich will sie mit mir nach England nehmen. Sie macht mich glücklich, und ich kann sie nicht entbehren. Sie ist es, die mir das Meer zum Ersatz für meine einsame Jugend geben möchte.

Ich gehe also wieder zum Portier des Hotels hinab, und mit seiner Hilfe suche ich den Steuermann auf, der das Lied des Mädchens sang. Sehen Sie, es schien mir, dass der, der ihr Lied sang, auch etwas von ihr selbst wissen würde. Und ich wollte ja so gern etwas über sie erfahren.

Nun zeigt es sich, dass der Steuermann die Sängerin kennt, es zeigt sich auch, dass er nicht die mindeste Auskunft über sie geben will.

Da verliere ich die Geduld und vertraue mich ihm an. Ich erzähle von meiner Lage und meinem Wunsch, die Sängerin zu heiraten. Der Seemann verzieht keine Miene. Endlich sagt er, er wolle mit mir zu ihr gehen. Er tut es, und ich sehe, wie sie sich begegnen. Ihre Augen sind Freunde und ihre Stimmen Feinde. Ich weiß nicht, was sie miteinander sprechen, aber bald darauf berichtet er mir, er habe ihr gesagt, dass ich sie heiraten wolle, und sie habe erwidert, sie wünsche, dass ich ihre Geschichte höre. Und da verfällt er darauf, zu Ihnen zu gehen, um einen Dolmetscher zu haben.«

Damit schloss er seine lange Geschichte, völlig

gleichgültig gegen das, was er hören sollte, aber ganz glücklich darüber, sich Luft gemacht, all dies den verständnisvollen alten Damen erzählt zu haben.

Und nun rückte Fräulein Maria sich mit ihrem Strickzeug zurecht; denn jetzt kam die Reihe an sie. Was sie zu tun hatte, erschien ihr ebenso anstrengend wie ehrenvoll. Aber erst wendete sie sich an den Seemann und sagte auf Schwedisch: »Sobald du hier hereinkamst, Tom Sundling, merkten meine Schwestern und ich, dass du sie gesehen hast. Ist es nun wirklich dein Wille, Tom, dass ich die Geschichte erzähle. Kannst du Vera einem anderen abtreten?«

Sie und die anderen kleinen, alten Damen schauten auf Tom; aber der erwiderte kein Wort. Da richtete sie sich an Mr Stone und sagte auf Englisch: »Mir und meinen Schwestern gefallen Sie sehr gut, Mr. Stone, und gerade deshalb will ich ehrlich gegen Sie sein und Ihnen sagen, dass wir in dieser Sache nicht auf Ihrer Seite sind. Wir werden Ihnen entgegenarbeiten, Mr Stone, aber wir arbeiten Ihnen am besten entgegen, indem wir Ihnen gerade jetzt die Geschichte erzählen. Dies sage ich Ihnen, damit Sie uns später nichts nachtragen.«

Und sie und ihre Schwestern winkten ihm zu, mit

dem freundlichsten Lächeln in ihren verrunzelten Gesichtern. Dann lächelten die beiden, die nicht das Wort führten, einander an. Sie wussten schon, wie Maria die Sache anpacken würde. Die eine wusste immer alles von der anderen.

»Es war hoch oben im Ort, dicht unter der Ringmauer«, begann Fräulein Maria, und man sah ihr an, dass sie es zu schätzen wusste, einem guten Zuhörer eine gute Geschichte zu erzählen. Sie war übrigens von Anfang an so eifrig, dass das Englisch ihr nicht die geringste Beschwerde verursachte. »Dort wohnte eine arme Witwe in einer sehr kleinen Hütte. Es war nicht viel daran, aber die Ringmauer bildete ihre vierte Wand, Efeu schmückte die anderen, und ein Turm erhob sich dicht daneben, so dass sie ein gewisses vornehmes Aussehen hatte. Die Witwe selbst saß den ganzen Tag an ihrer Maschine und nähte Wäsche. Ihre Tochter besorgte alle Hausarbeit.

Und diese Tochter, die kleine Vera, die durchaus nicht zur Erinnerung an irgendeine Nihilistin Vera hieß, sondern nur als Abkürzung ihres langen Taufnamens Veronika, sie ist es, die schon von ihrer frühesten Kindheit an bei uns wegen ihrer – Dummheit bekannt war.

Sie war so leichtgläubig, wissen Sie, dass es nichts gab, was man ihr nicht einreden konnte. Als sie vier Jahre alt war, stellten sie die Spielkameraden an, die Sperlinge zu hüten, als sie fünf war, lehrten sie sie, dass die Sperlinge sich fangen ließen, wenn man ihnen Salz auf den Schwanz streut. So etwas sagt man allen Kindern, und sie probieren es und überzeugen sich, dass es nicht wahr ist. Aber sie saß stundenlang mit einer Peitsche in der Hand da und glaubte, dass sie die Sperlinge hütete. Sie lief den ganzen Tag über unsere trockenen Wassergräben und verfolgte die Vögel. Sie kann eigentlich alles glauben, nur nicht, dass man sie zum Besten hält.

Eines schönen Tages kommt sie in die Schule und man lehrt sie lesen und schreiben. Das geht recht leicht, aber später ist es fast unmöglich, mehr in den schönen, kleinen Kopf hineinzubekommen. Aber sie hat auch ihre starken Seiten, besonders schreibt sie sehr schön. In ihren Schreibheften ist nie ein Klecks, nie ein Eselsohr. Sie hat eine wunderliche Gabe, sich sauber und schmuck zu halten. Wenn sie weint, ist es, weil jemand Tinte auf ihr Kleid spritzt oder weil sie sie wegen des altmodischen Tuchs verspotten, das sie auf dem Kopf trägt. Das findet sie so verletzend, dass sie sich den Tag darauf weigert, in die Schule zu gehen, sie, die sich sonst nichts daraus macht, wenn die ganze Klasse sie auslacht.

Die Schulzeit wird recht hart für sie. Sie kann gar nicht rechnen. Ihre Mutter kommt oft zum Lehrer und kann sich nicht genug darüber wundern, dass das Mädchen so dumm im Rechnen ist. Sie sagt, sie könne sie nach was immer auf den Markt schicken. Sie lässt sich von den Verkäuferinnen nie auch nur um einen Öre betrügen. Aber wenn das arme, kleine Ding mit Tafel und Griffel zu tun hat, kann sie nicht eine Zahl ausrechnen. Wenn sie an die schwarze Tafel tritt, malt sie die Zahlen darauf, keine in der Klasse schreibt sie schöner als sie, aber die Addenden setzt sie in eine Reihe, und Minuend unter Subtrahend.«

In solch einem Augenblick der Verzweiflung an der schwarzen Tafel fasst sie Freundschaft für einen der Knaben. Sie soll eine Zahl durch eine andere teilen, und man hat ihr gesagt, sie müsse dividieren, aber sie hat die Zahlen untereinandergeschrieben und kann nicht von der Stelle kommen. Sie hat das Gefühl, als wäre alles für sie vorbei, und mit leeren Blicken sieht sie über die Klasse hin. Da ist ein Junge, der anfängt, ihr zuzublinzeln und seinen Stift in einen Winkel zu seinem Lineal zu setzen. Da erinnert sie sich, wie man eine Division aufschreibt, und kaum weiß sie das, kann sie auch schon rechnen.

Sie hat gegen niemand Verdacht; aber nichts kann mit dem Vertrauen verglichen werden, das sie seit dieser Zeit in den Knaben setzt. Sobald eine Frage an sie gerichtet wird, heftet sie die Augen auf ihn. Er flüstert ihr ein, bald richtig, bald falsch; alles, was von ihm kommt, nimmt sie mit blindem Vertrauen auf.

Manchmal macht es ihm Spaß, sie die schlimmsten Dummheiten sagen zu lassen; es schadet alles nichts. Sie wird sich über die Sache nicht klar, oder sie denkt vielleicht, dass sie falsch gehört hat, und bei der nächsten Frage wendet sich ihr Blick ebenso geduldig flehend ihm zu.

Ebenso geht es in den Pausen. Sie begibt sich immer unter seinen Schutz; es ist, als könnte daran gar kein Zweifel mehr bestehen. Am Anfang geniert er sich etwas wegen der Zärtlichkeit des dummen Mädchens; aber sie besiegt ihn, und bald duldet er es nicht, dass ein anderer als er selbst sie zum Besten hält. Das ist sein Recht. Er sagt ihr, dass, wenn sie eine Nacht in einem Eckturm wachen will, sie die Toten sehen kann, die durch Visby aus- und einziehen. Und sie tut es. Und da die Toten nicht kommen, macht er sie glauben, sie sei im entscheidenden Augenblick eingeschlafen.

Es ist wohl nur der Schutz dieses Knaben, der das Leben erträglich für sie macht, die nichts anderes lernen kann, als was gewissermaßen auf der Straße liegt. Und wenn die beiden allein sind, haben sie ihren Spaß.

Einmal sah ich sie auf einer Wanderung. Sie pflegten sich bei dem Tor zu treffen, das vom botanischen Garten hinaus zu den Zuggräben führt. Sie kommt ganz still durch das Tor und stellt sich auf, um zu warten. Er erscheint mit mehr Spektakel. Erst kommt ein Hagelwetter von Steinchen, die rings um sie niederprasseln, dann hallt die Wölbung von einem gellenden Krähen wider, schließlich taumelt einer rücklings aus dem Tor, zuerst ein Bein, dann ein Rücken, dann ein Kopf. Das ist, damit sie so lange wie möglich glauben soll, es sei ein gewöhnlicher Gassenjunge und nicht ihr Freund. Sie hat auch Angst gehabt, das kann man an der Art sehen, wie sie die Hände faltet, als sie ihn erkennt. Aber er kann sich kein Vergnügen versagen, und als er über die Brücke beim Graben gehen soll, klettert er auf das Gitterwerk und balanciert da weiter. Er neigt sich viel stärker zur Seite, als notwendig ist, und sie sinkt vor Entsetzen zusammen. Aber nachher gehen sie in vollendeter Einigkeit den Strand entlang. Sie spielen nicht; sie gehen und sprechen wie erwachsene Menschen. Und sie ist es, die das Wort führt. Sie weiß alles, was in der ganzen Gasse geschieht.

Nun sollen Sie eine andere Geschichte hören. Es ist eine Menge Holz in den Hafen getrieben, eine ganze verunglückte Holzlast liegt da und schaukelt sich. Das ist etwas für die Visbykinder. Tom Sundling hilft ihnen, Vera einzureden, dass sie versuchen sollte, dieses Brennmaterial, das niemand gehört, in Sicherheit zu bringen. Ihre Mutter würde für viele Winter Feuerung haben, wenn es ihr glückte, das Holz ans Land zu bringen. Sofort eilt Vera zum Hafen hinab; dort liegt das Treibholz wie ein großes Floß. Und das arme kleine Ding kriecht über eine Schute in ein Ruderboot, und von dort klettert sie hinaus auf die Blöcke. Aber es weht frisch vom Land, die Strömung geht vom Hafen weg. Der kleine Stoß, mit dem Vera auf die Bretter kommt, setzt sie in Bewegung, und die Kinderschar am Strand, die eben noch darüber jubelte, dass sie die schweren Blöcke heim zu ihrer Mutter schleppen will, beginnt vor Entsetzen zu schreien. Aber den ganzen Hafenkai hinab bis zu dem engen Auslauf stürzt Veras Freund, Tom Sundling. Als sie vorbeitreibt, steht er auf der äußersten Kante. Er tut einen verzweifelten Sprung hinab zu ihr, nicht weil er sie dadurch retten kann, sondern weil er bei ihr sein muss. Und sie treiben ins Meer hinaus, dicht aneinandergeschmiegt, beide weinend, denn sie sehen, wie die hohen Wellen draußen die Planken zu trennen beginnen. Da begegnen sie einem Segler, der sie rettet. Aber sie hätten so untergehen können, ohne dass sie einen Vorwurf an ihn gerichtet und ohne dass er etwas anderes gedacht hätte, als dass es seine Pflicht war, mit ihr zu sterben.«

Hier sandte Fräulein Maria Tom einen schnellen Blick zu; aber Tom saß jetzt so gebückt, dass sie sein Gesicht nicht sehen konnte. Sie richtete sich wieder an den Engländer.

»Aber am nächsten Tage kann dieser Ritter seiner Dame weismachen, dass er einen Ohrwurm in ihr Ohr kriechen gesehen habe. Und sie weint und jammert zur Freude der ganzen Schule und sagt, sie fühle es, wie das Tier in ihrem Kopf umherkrieche, und gebärdet sich ganz verzweifelt, obgleich es doch ein so alter und gewöhnlicher Gassenjungenstreich ist, dass niemand begreift, wie sie es nur glauben kann. Da erbarmt sich Tom endlich und zieht ihr den Ohrwurm beim anderen Ohr mit einer Zange heraus. Und sie haben einen Ohrwurm an der Zange, den sie ihr zeigen; und sie wird gleich wieder froh, aber an den Ohrwurm glaubt sie ihr Leben lang.«

Hier brach Fräulein Maria ihre Erzählung ab. »Wenn Sie jetzt so viel gehört haben, dass Sie nicht mehr an diese Heirat denken, Mr Stone, so sagen Sie es, und ich will den Schluss kurz machen.«

»Fräulein Maria«, antwortete Mr Stone streng. »Sie setzen mich in Erstaunen. Ich habe nie etwas so Rührendes gehört. Ein Hirn, das nie zu zweifeln lernte, nennen Sie dumm. Sind Sie übrigens überzeugt, dass wir die Dummheit hassen? Vielleicht lieben wir sie sogar ebenso sehr wie die Weisheit. Glauben Sie nicht, dass dieser Ehrenmann von einem Burschen gerade ihre Dummheit liebte? Sie passt zu ihr, sie hat einen so süßen Mund, um Dummheiten damit zu sagen, und sie hat eine so milde Art zu vergeben, wenn er schlecht gegen sie gewesen ist. Glauben Sie nicht, dass ich begreifen kann, dass sie gerade so sein muss? Ihre Seele hat etwas Fremdes an sich, das wir nicht verstehen; lassen Sie uns verständnisvoller werden, und wir werden vielleicht sehen, dass ihre Gedanken einen geraderen und klareren Weg gehen als die unsrigen.«

»Mr Stone«, sagte Fräulein Maria mit warmer Feierlichkeit, »ich danke Ihnen, das war gut gesprochen. Nun will ich gleich in meiner Erzählung fortfahren. Aber Sie gefallen mir, Mr Stone, und Sie gefallen auch meinen Schwestern, und deshalb sage ich Ihnen, dass Sie hier gleichsam ein Ball der Vorsehung sind. Und vergessen Sie nicht, dass ich Ihnen gesagt habe, ich würde Ihnen entgegenarbeiten.«

Dann wandte sie sich auf Schwedisch an Tom Sundling. »Ich hoffe, Sie leiden wie ein Hund, Tom, so wie Sie dasitzen, verdient haben Sie es.« Dann fuhr Sie auf Englisch fort: »Als sie sechzehn Jahre sind, geht Tom zur See, und nun greift ein anderer Mann in Veras Leben ein. Ich sehe ihn oft vor mir, den lahmen Schmied. Es ist etwas Unheimliches an diesem Mann mit dem mächtigen Oberkörper und den lahmen Beinen. Es ist grauenerweckend, seine starken Arme zu sehen und den großen Kopf, der bis auf zwei Haarbüschel an den Ohren ganz kahl ist, und das dunkle, gefurchte Gesicht mit Rußflecken in den buschigen Augenbrauen.

Sie wissen, dass die Schmiede in demselben Hause ist, in dem Vera mit ihrer Mutter lebt. Das Mädchen hat den Schmied von ihrer frühesten Kindheit an gesehen. Sie ist an ihn gewöhnt, sie merkt gar nicht, wie abschreckend er ist. Die Arbeit in der Schmiede fesselt sie, sie kommt oft hin, um zuzuschauen. Es macht ihr immer Spaß, die Funken von dem weißglühenden Eisen sprühen zu sehen. Sie kann stundenlang dastehen und diese sicheren Hammerschläge bewundern, die niemals ihr Ziel verfehlen. Der Schmied ist barsch gegen sie wie gegen alle und jagt sie mit Grobheiten fort; aber das Mädchen kann es nicht lassen, wiederzukommen. Es gibt immer etwas in der Schmiede zu sehen, da kommen Bauern herein, um Hufeisen zu kaufen, der Wagenmacher erscheint, um Radbeschläge machen zu lassen. Eines Tages brüllt der Schmied Vera nicht mehr an, sondern sagt mit barscher Zärtlichkeit: ›He, du Mädchen, gefällt dir der Schmied, sollst auch einmal meine Frau werden, wenn du groß bist.‹ Da erschrickt sie und läuft weg.

Aber die Furcht geht vorüber, und sie kehrt zur Schmiede zurück. Dort stehen eine Menge Leute, und Vera hofft, dass der Schmied nicht Zeit haben wird, an sie zu denken. Aber bevor sie noch eine Minute dort gestanden hat, pufft der Schmied einen Bauer in die Seite und weist auf sie: ›Sieh die mal an, die soll mein Weibchen werden.‹ Sie entflieht wie ein Windhauch, und die Burschen lachen brüllend über den Spaß.

Dies bleibt seither der empfindliche Punkt ihres

Lebens. Sie muss unablässig zurückkommen, um zu sehen, ob die Gefahr noch dort ist. Hie und da einmal unterlässt es der Schmied, etwas zu sagen, und ein paar Tage lang hat sie keine Angst mehr. Dann kommt sie wieder, um zu sehen, ob es wirklich vorbei ist, und dann sagt er immer etwas.

Auf jeden Fall ist es ja schon seit langem klar, dass sie Tom haben soll. Sie kann nicht begreifen, was der Schmied sich denkt. Aber es macht ihr Angst.

Da zerbricht Veras Mutter die Nähmaschine. Sie wird wieder und wieder instand gesetzt; aber sie wird nie mehr wie früher. Sie näht leere Stiche, geht schief und macht schlechte Arbeit. Da gerät die Frau außer sich vor Angst, sie glaubt, dass sie alle ihre Kunden verlieren wird und dass sie vor Hunger sterben müssen, sie und Vera. Nun kommt der Schmied und verspricht ihr eine neue Nähmaschine, wenn er Vera haben kann.

Sie wehrt sich ein bisschen; aber zuletzt gibt sie nach. Nichts in der Welt vermag sie so zu locken wie eine neue Nähmaschine; überdies, sehen Sie, hat sie die Tochter wohl gern, aber sie hält nicht viel von ihr. Sie hat nie auf eine gute Heirat für sie gehofft.

Sie machen alles in größter Heimlichkeit ab dort oben beim Schmied. Wir Schwestern erfahren es erst, als die Eheschließung in der Kirche bekannt gemacht wird. Vera selbst tut bei allem mit, ohne dass sie auch nur versucht, Widerstand zu leisten. Tom ist fort, und so kann sie bei niemand Hilfe suchen. Sie ist so jung, so jung, erst siebzehn Jahre.

Als Tom heimkam, war sie also schon verheiratet. Im Anfang macht es ihm keinen sonderlich großen Eindruck. Er pflegte mit den anderen Seeleuten von ihr als dem dummen Mädchen zu sprechen, das ihm immer nachlief. Ich habe gehört, dass Tom das belebende Element an Bord des Fahrzeugs war, dank all den Geschichten, die er von seiner Liebsten zu erzählen hatte. Aber es lag unter alledem Liebe verborgen; denn er sprach gern von ihr, er prahlte mit ihrer Dummheit, da er nicht mit ihrer Klugheit prahlen konnte. Die Klugen sind in Toms Augen beschränkte, gewöhnliche Leute im Vergleich mit seinem dummen Mädchen.

Aber als Tom heimkam, hatte er ein wenig Gewissensbisse. Und jetzt mit ihr als seiner Braut umherzugehen, nachdem er so viel über sie gelacht hatte, kam ihm peinlich vor. Darum nimmt er es sich nicht allzu sehr zu Herzen, als er hört, dass sie verheiratet ist. Aber so nach und nach kommt eine Leere über ihn und eine Sehnsucht. Er geht umher und klagt. Er besitzt nichts in der ganzen Welt, als sie zu beschützen und zu beherrschen. Wenn er allein ist, streckt er die Arme aus und ruft nach ihr. Und er geht zu ihrer Mutter und weint. Der junge Bursche gibt der alten Frau die Wahrheit zu hören. Er sagt ihr, dass sie herzlos ist, dass sie ihr Kind verkauft hat, dass Vera so unendlich mehr wert ist als sie.

Als er gerade im besten Zuge ist, steht Vera im Zimmer. Er weint, als er sie sieht, und sie zieht ihn mit sich in die Kammer, die Stube, in der Sie jetzt wohnen, Mr Stone, und tröstet ihn auf ihre süße, unverständliche Weise. Tom Sundling, Mr Stone, hat mir selbst erzählt, was sie sagte.

Was bedeutet es eigentlich, dass sie verheiratet ist. Der ganze Unterschied ist ja, dass sie jetzt sowohl für den Schmied als auch für ihre Mutter das Essen zubereitet. Aber sie hat doch noch Zeit genug. Er kann ganz gut zu ihnen kommen wie früher, und sie kann auch mit ihm spazieren gehen.

Da muss er lachen, weil sie noch ebenso dumm ist wie früher, worauf alles wieder in das alte Gleis zu kommen scheint. Aber als Tom sich ein bisschen in der Heimat zurechtfindet, merkt er schon, dass es nicht so bleiben kann wie früher. Sobald er kann, begibt er sich auf eine lange Reise. Aber als er recht weit weggekommen ist, wechselt er das Schiff, um rasch wieder heimzukommen. Er kann es fern von ihr nicht aushalten.

Als er endlich wieder daheim in Visby ist, hört er überall erzählen, wie schlecht Vera geworden ist, seit sie sich mit dem Lahmen verheiratet hat, sie macht Jagd auf arme Schuldner und pfändet sie, gerade wenn sie etwas besitzen, womit sie hofften, sich einen frohen Tag zu machen. Sie geht auch über Land, um bei Pfändungsauktionen zu sitzen und den Preis der Waren hinaufzutreiben, die sonst für so gut wie nichts abgegangen und dem Eigentümer zurückgegeben worden wären.

Eines Sonntagnachmittags sieht Tom sie bei der Andacht im Bethaus. Sie kommt, nachdem der Prediger angefangen hat zu sprechen, geht mit knarrenden Schuhen zu einer der vordersten Bänke, lässt das Gesangbuch hart auf den Boden fallen und beginnt, mit einer der Nachbarinnen zu sprechen. Sie führt sich so lärmend auf – ja, wir sahen sie auch –, dass der Prediger innehält und sie ansieht. Aber sie lässt sich nicht stören, und der Vortrag ist in Gefahr, nicht weiter gehalten werden zu können. Da erhebt sie sich, so als wollte sie sagen, dass dies nicht lohne, angehört zu werden, und geht ihrer Wege. Die Leute sprechen später viel darüber. Wir Schwestern wissen ja gleich, dass das etwas ist, was sie von dem Lahmen gelernt hat. Der Prediger hat ihn einmal wegen seiner Gottlosigkeit ermahnt, und nun will er sich rächen.

»Sie können mir glauben, Mr Stone, der Lahme ist ein Ungeheuer. Seine Bosheit ist bisher durch seine Krankheit machtlos gewesen; aber jetzt hat er sich ein Wesen verschafft, das ausführen kann, was er sich ersinnt. Und sie gehorcht. Tom und andere, auch ich, Mr Stone, sagen ihr, dass sie sich nicht zu etwas zwingen lassen darf, das Unrecht ist; aber es gibt nichts, nichts in der Welt, vor dem ihr so bange ist wie vor dem Schmied. Tom glaubt, dass sie ihn ermorden würde, wenn der Mann es haben wolle.

Und er gewinnt die Überzeugung, dass ihn etwas Entsetzliches erwartet. Dieses Geschöpf ohne Willen oder Verstand wird sich ins Verderben stürzen lassen.

Der Schmied bekommt um diese Zeit einen neuerlichen Schlaganfall. Jetzt kann er nicht mehr den Hammer führen, und in der Untätigkeit wird er noch gefährlicher.

Tom bemerkt jetzt, dass durch die ganze Stadt ein hässliches Gerücht über seine Schwester verbreitet wird. Wir helfen ihm, der Nachrede bis zur Quelle nachzuspüren, und finden, dass sie von der Schmiede ausgeht. Aber niemand hat den Schmied etwas sagen hören, nur seine Frau ist es, die geplaudert hat.

Tom hat den Schlag wohl erwartet, aber er empfindet ihn dennoch tief. Er hält es für das Beste, wenn er nicht mehr versucht, Vera zu treffen, und er sieht sie acht Tage nicht.

Andererseits tut er, was er kann, erläutert und mildert. Und er will wenigstens diese arme Willenlose nicht ganz verlassen. Er nimmt einen Platz auf einem der Dampfschiffe an, die zwischen Stockholm und Visby verkehren, und braucht so nicht länger als für ein paar Tage hintereinander von der Heimat wegzubleiben.

Eines Abends jedoch trifft er sie bei seiner Schwester. Vera kommt ganz verweint herein, wirft sich auf die Knie und bittet um Vergebung. Toms Schwester ist hart gegen sie; niemand hatte damals so recht Barmherzigkeit für Vera. Tom steht still dabei und hört zu, bis sie sich eine widerwillige Verzeihung erbettelt hat, dann begleitet er sie nach Hause.

Auf dem Weg bittet und fleht er sie an, stark zu sein. Da erschließt sie ihm ihr Herz wie früher, und er sieht, was ihr Leben ist. Die böse Laune des Kranken brummt und zischt unaufhörlich um sie. Er hat tausend boshafte

Einfälle, und am meisten quält er sie damit, wie er Tom für sein ganzes Leben unglücklich machen kann.«

»Nun, Mr Stone«, fragte Fräulein Maria, »wissen Sie jetzt genug?«

»Haben Sie nie«, erwiderte Mr Stone beinahe mit Heftigkeit, »von Wesen sprechen hören, die zu fein für ihre Umgebung sind. In diesen Tagen hat ihre Nähe allein mir Glück geschenkt. Soll ich sie lassen, weil sie zu schwach war, weil man ihren Willen misshandelt, sie vor Angst wahnsinnig gemacht hat?«

Die Gesichter der drei alten Damen leuchteten vor Wohlbehagen. Fräulein Maria fuhr, ohne darauf einzugehen, fort:

»Nachdem Tom sie zu dem Bekenntnis gebracht hat, dass sie sich um seinetwillen fürchtet, kann er sie beruhigen. Er sagt ihr, dass niemand ihm schaden könne, darum brauche sie ihrem Mann nicht zu gehorchen.

Am nächsten Tage scheint sie dies auch dem Lahmen gesagt zu haben, und da erleidet er noch einen Schlaganfall. Seit dieser Zeit ist Vera so verschüchtert, dass sie nichts anderes wagt, als zu gehorchen. Aber der Schmied liegt jetzt so darnieder, dass er kein Glied rühren kann; sprechen und essen ist alles, wozu er imstande ist.

Da kommt es Schlag auf Schlag. Eines Morgens, als

Tom an Land kommt, erfährt er, dass der Schmied tot ist, etwas später erzählt man ihm, dass Vera den Mann getötet hat; dann kommt einer und sagt, sie sei schon im Gefängnis.«

Fräulein Maria schwieg einen Augenblick. Einer ihrer beiden Zuhörer, sie wusste nicht welcher, hatte so tief Atem geholt, dass es wie ein Stöhnen klang. Dem Anschein nach waren sie beide gleich bewegungslos, Tom noch immer über das Sofa hängend, so dass man sein Gesicht nicht sehen konnte, der Engländer gerade, steif, beinahe als wüchse er.

»Der Schmied«, fuhr Fräulein Maria fort, »hatte sie eines Morgens zeitig gezwungen, ihn zum Meer hinunterzubringen. Sie hat ihn auf einem Zugwagen hinabgefahren, ihn in ein Boot gesetzt und ist mit ihm aus dem Hafen gerudert. Als sie weit genug draußen waren, muss sie ihm über den Bootsrand hinab ins Meer geholfen haben.

Der Mann war lebensmüde, das steht fest; aber er hatte den Plan zu seinem Tod so entworfen, dass seine Frau des Mordes verdächtigt werden musste. Jeder wusste, dass er ohne Hilfe nicht ins Meer kommen konnte. Und wenn er Tom auf diese Weise unglücklich machen wollte, so ist es ihm geglückt.

Denn Tom kann nicht darüber wegkommen, Mr Stone. Jedes Mal, wenn er an Glück denken will, türmt sich gleichsam eine Mauer vor ihm auf, an die es sich stößt. Er glaubt nicht, dass Vera den Mann aus eigenem freien Willen ertränkt hat. Er weiß, dass sie es bloß in törichtem Gehorsam tat. Er glaubt, dass der Mann es ihr befohlen hat.

Aber er hat Angst vor ihr bekommen. Man kann sie ja zu allem verlocken. Es ist unmöglich, ein solches Wesen zu seiner Frau zu machen. Sie hat weder Verstand noch Willen.

Jedenfalls stand Tom ihr zur Seite. Die Sache kam vor Gericht, und sie hat es wohl Toms Zeugenschaft zu verdanken, dass sie freigesprochen wurde. Er half ihr tatkräftig und anständig, bis sie wieder auf freiem Fuß war. Dann sagte er ihr, dass es jetzt aus zwischen ihnen sein müsse, er wolle sie nicht mehr sehen; was sie getan habe, trenne sie für immer.

Er leugnet nicht, dass er sie noch liebhat; aber Tom ist nach diesem schweren Kummer ein müder, lebensüberdrüssiger Mann. ›Es würde mich toll machen, wenn die Leute etwas Böses von meiner Frau reden könnten‹, sagte er. ›Ich könnte mich nie auf sie verlassen.‹ Und er beschließt, sie nicht mehr in ihrem Hause aufzusuchen und zur anderen Seite zu sehen, wenn sie sich auf der Gasse treffen; denn sie ist trotz alledem eine Verlockung für ihn.

Sie unterwirft sich wie gewöhnlich. Die Schmiede wird verkauft, und sie zieht heim zu ihrer Mutter. Und trotz allem, was ihr widerfahren ist, bleibt sie stets unbegreiflich jung. Das Kind sitzt fest in ihr. Tom ist ihretwegen frühzeitig gealtert; aber sie vergisst und blüht.«

Die Alte nickte bekräftigend, dann fuhr sie mit großer Feierlichkeit fort:

»Nun ist der dritte Mann in Veras Leben getreten. Es ist ein Fremder, ein Ausländer, er kann nicht einmal mit ihr sprechen, er hat ihr einen Heiratsantrag gemacht, ohne ihre Geschichte zu kennen. Sie hat Tom aufgetragen, ihn von ihr hören zu lassen. Dies ist ein bemerkenswerter Zug, der so manches bedeuten kann. Seit langer Zeit hat sie keiner von uns gesehen – hat sie sich entwickelt, hat sie begonnen, über sich selbst nachzudenken?

Niemand von uns hat das Recht, auf Mr Stones Entschließung einzuwirken, jetzt da er alles weiß; aber bevor er sich entscheidet, ist es Toms Pflicht, ihm zu sagen, welchen Eindruck sie machte, als er sie wiedersah.«

Tom Sundling sah auf. »Als ich ihr sagte, dass der

Engländer sie haben wolle, antwortete sie, dass sie niemand täuschen möchte. Ich sagte, er brauche nichts anderes zu wissen, als dass sie Witwe wäre, dies genüge doch, da er sie fort in ein fremdes Land führen wolle. Sie erwiderte, es sei ihr wohl begreiflich, dass ich die Sache nur deshalb so eifrig betreibe, um mich nicht länger mit ihr beschäftigen zu müssen.«

Tom schwieg, die Worte blieben ihm im Hals stecken, er sank zu schlaffer Unbeweglichkeit zusammen, wie früher.

Eine volle Minute war es in der kleinen Stube der Fräuleins ganz still. Sie blickten alle Tom Sundling an, der in dumpfer, hoffnungsloser Unbeweglichkeit dasaß und fühlte, was die anderen von ihm erwarteten, aber außerstande war, es zu tun.

»Sie sehen, er kommt nicht darüber hinweg«, sagte Fräulein Maria, indem sie von Tom wie von einem Schlafenden sprach.

Mr Stone erhob sich und redete von dem Mann wie von einem Toten, mit dem man nicht mehr rechnet.

»Ich beklage den Mann«, sagte er. »Er hat das Glück verscherzt. Er hat es verscherzt, eine feine, weiche Seele ausbilden zu können, die sein war. Ich verstehe ihn, aber ich beklage ihn. Was mich betrifft ...«

Und in der augenblicklichen Pause, die folgte, war es, als spräche eine Stimme sachte das englische »*for my part*« nach.

»Was mich betrifft«, sagte der Engländer, und er war jetzt so hochgewachsen, wie er nur sein konnte, »so entsinnen Sie sich, Fräulein Maria, was ich Ihnen von ihrer Hand um mein Handgelenk sagte. Sie ist es, die mir geschenkt wurde. Sie ist mir von meiner Kindheit an geweissagt, und ich soll sie aufgeben, jetzt, da ich sie gefunden habe? Ich nehme sie mit mir in meine Heimat und will Freude um mich haben mein ganzes Leben lang.«

* * *

Diese Nacht schlief Mr. Stone im Hotel; aber zeitig am nächsten Vormittag wanderte er zu dem kleinen Haus unter der Ringmauer. Er öffnete die Türe und blickte hinein. Die Mutter saß mit ihrer Nähmaschine am Fenster, es sah nicht aus, als schenkte sie ihm Aufmerksamkeit. Die Tochter stand beim Rauchfang, er winkte ihr zu, und sie kam zu ihm hinaus.

Nun handelte er nach einem bestimmten Plan. Er wusste bestimmt, wie alles verlaufen würde. Er nahm sie mit sich hinaus vor die Stadt, vor Ringmauern und Gräben. Dort draußen stand eine einsame Ruine; es lag etwas Ansprechendes darin, dass sie allein dazustehen wagte, ohne von den Mauern beschützt zu werden. Und rings um die Ruine erstreckte sich eine Halde, die dem Meeresgrunde der Phantasie mehr glich als irgendetwas sonst in Visby. Die ganze Halde war scharf, schreiend blau von großen, starren Pflanzen, deren schlanke Stiele ganz von blauen Blüten bedeckt waren. Aber mitten zwischen dem Blauen nickte feuerroter Mohn, leuchtend wie Flammen. Dicht daneben erhob sich der Kalkberg mit seinen unregelmäßigen Absätzen, und auf diesen lagen losgerissene Blöcke, denen man in dem unbestimmten Tageslicht wohl die Gestalt ruhender Meerestiere zuschreiben konnte. Und über allem dieser leichte, schwebende Nebel, der mit seinen Wurzelfasern Nahrung aus der Erde zu saugen schien.

Alles ging, wie er wollte. Sie setzte sich auf einen Stein, und er lag zu ihren Füßen. »Vineta, Vineta«, sagte er und machte ihr ein Zeichen, dass sie singen möge. Und er schloss die Augen, während sie sang; er sog ihr Wesen mit dem Lied ein: Er fühlte mit jeder Faser, wie süß ihre Gegenwart war. Ach, wie war sie ihm lieb und teuer!

Aber plötzlich hörte sie auf zu singen. Er sah empor und bemerkte, dass sie unbeweglich dasaß, die Hände gegen das Herz gedrückt, während die Augenlider sich langsam schlossen. Der Mund hatte sich geöffnet, wie um zu schreien; aber der Schrei kam nicht. Es war, als wäre alles bei ihr erstarrt.

Sie konnte es nicht mehr ertragen, sie wollte ihr Schicksal hören. Und er, der sie gequält hatte, indem er sie warten ließ! Wenn er früher gezweifelt hatte, ob diese wunderliche Vineta-Liebe auch die wahre, die echte Liebe war, so wusste er jetzt, dass er nicht mehr zu zweifeln brauchte. Er liebte! Denn er fühlte ihre Leiden!

Im nächsten Augenblick stand er neben Vera, beugte sich über sie und sprach; aber da sie nicht verstand, was er sagte, hatte er sich einen Ring verschafft. Er schob ihn auf ihren Finger, und nun begriff sie.

Da erfasst sie seine Hände und küsste sie. Sie würde sich zu seinen Füßen niedergeworfen und sie geküsst haben, wenn er es hätte geschehen lassen. Die Tränen strömten aus ihren Augen, und gleichzeitig lachte sie laut.

Er verstand sie wohl. Ein Mann, der ihre Geschichte kannte, wollte sie zu seiner Frau machen. Wer sein ganzes Leben lang geknechtet und verachtet war, musste ja so fühlen. Dennoch hätte er gewünscht, dass sie nicht von so lärmender Freude, von so unterwürfiger Demut gewesen wäre. Es war offenbar, dass sie nicht einen Schatten von Liebe für ihn empfand.

Aber die Hauptsache war ja, dass sie seinen Ring entgegengenommen hatte. Nun war der erste Schritt getan, sie so nach und nach zu der Seinen zu machen. Er legte sich wieder zu ihren Füßen hin, und sie sang das Lied zu Ende. Sie sang auch andere Lieder. Er lag wieder da und sog das Glück ein. Wie selig war er doch, und um wie viel mehr würde er es erst sein, wenn er sie lieben gelehrt hatte!

Später gingen sie Arm in Arm nach Hause. Sie war von übersprudelnder Munterkeit, sprach zu ihm, und er bildete sich beinahe ein, dass er sie verstand. Als sie daheim bei der Schmiede angelangt waren, kam ihnen ein Mann entgegen. Es ist Tom, und als sie ihn sieht, bleibt sie wie hilflos stehen und streckt ihm die Hand, auf welcher der Ring des Engländers glänzt, entgegen. Aber Toms Gesicht ist in qualvoller Angst verzerrt, er lacht hart, und als er den neuen, blinkenden Ring sieht, reißt er ihn von ihrem Finger und wirft ihn auf die Straße. Dann reißt er auch die Frau an sich, zieht sie mit sich wie einen entlaufenen Hund und geht mit ihr fort, indes er Mr Stone allein, vernichtet zurücklässt, außerstande, zu begreifen, was vorgefallen ist.

Dies war am Vormittag vom vierten Tag des Nebels, und damit hatte seine Macht ein Ende erreicht. Gegen Abend zerstreute er sich.

Tom suchte später am Tag Mr Stone auf und erklärte sich ihm. Als er Vera wiedergesehen hatte, war alles in ihm erwacht, und am furchtbarsten wurde es, als er so viel von ihr hören musste. Nein, am furchtbarsten war es, dass ein anderer sie inniger liebte als er. Die ganze Nacht war er vor Schmerz wie toll gewesen. Er hatte seine Angst überwinden müssen, er konnte sie keinem andern überlassen. »Und sie hat doch immer nur mich liebgehabt«, sagte er endlich.

Die drei Fräuleins kamen auch zu Mr Stone; sie strahlten. »*Sie* haben es getan, Sie sind es, der die beiden zusammengeführt hat«, sagten sie zu ihm. »Wir taten nichts, obgleich wir Ihnen ehrlich entgegenarbeiteten. Sie haben das Feuer aufs Neue entzündet. Sie sind füreinander geschaffen, die zwei, sie gehören zusammen. Sie haben ein gutes Werk getan.« –

So kam es, dass Mr Stone am Abend Visby verließ, zu gleicher Zeit mit dem Nebel. Beim Fortsegeln sah er Visby zum ersten Mal. Es war ein ganz kleines Örtchen mit einer Menge roter Dächer und recht viel Grünem. Die Türme der Ringmauer sanken von ihrer Riesenhöhe hinab, die Ruinen verschwanden zwischen den roten Dächern. Und die Umgebung war im Grunde trostlos grau.

Aber er kümmerte sich weiter nicht um die Aussicht. Er fragte sich nur: Warum, warum? Wenn er nur gekommen war, um diese beiden zusammenzuführen, warum war da seine Liebe so stark geworden? Warum musste er eine Leere fühlen, die wie eisige Kälte brannte, einen Schmerz, eine Verzweiflung?

Er wandte sich wieder dem Meer zu: »Mann«, sagte er, »wann wirst du aufhören, mich zu verfolgen?«

Es währte geraume Zeit, bis er entdeckte, dass er dem Meer Unrecht getan hatte. Es war kein wirkliches, lebendiges Glück, das seine Märchenstadt zu bieten hatte, nur eine Wiederholung des Vergangenen. Das Meer hatte ihn zum Kind gemacht, es hatte ihm die Vertrautheit des Zuhauses gegeben, eine kühle Hand um seinen Puls gelegt. Was konnte er mehr wünschen wollen?

Anhang

Zu dieser Ausgabe

Alle Texte folgen der Ausgabe:

> Selma Lagerlöf: Legenden und Erzählungen. Einzig autorisierte Übersetzung aus dem Schwedischen von Francis Maro (Pseudonym von Marie Franzos, 1848–1938). Mainz: Verlag von Franz Kirchheim, 1901.

Die Übersetzung wurde für die vorliegende Ausgabe durchgesehen und sprachlich überarbeitet.

Anmerkungen

22,17 *Räsonnement:* (vernünftige) Erwägung, Überlegung.

23,8 *Nervenmenschen:* besonders sensible, gefühlsbetonte Menschen. Der Begriff wurde Anfang des 20. Jahrhunderts vor allem für Menschen verwendet, die an nervösen Störungen oder psychischen Problemen litten. In dieser Zeit gab es eine wachsende Aufmerksamkeit für psychische Gesundheit und die Auswirkungen von Stress und modernem Lebensstil auf das Wohlbefinden. »Nervenmenschen« waren oft Frauen, die als überempfindlich, emotional labil oder hysterisch angesehen wurden.

31,22 *Nebelhorn:* ein bei Nebel verwendetes akustisches Signalgerät mit weit hörbarem, tiefem Ton, das besonders bei der Schifffahrt verwendet wird.

34,14 *Trollweib:* Ein Troll ist ein unberechenbares Fabelwesen, das die Kräfte der Natur verkörpert und aus der nordischen Mythologie stammt. Besonders in Schweden und Dänemark vermischte sich in den Märchen die Vorstellung von Zwergen und anderen Wald-, Wasser- oder Berggeistern, teilweise auch mit der von menschenfreundlichen Feen und Elfen. Im Christentum werden die Trolle als böse Dämonen angesehen. Im Volksglauben hielt man noch bis ins 19. Jahrhundert an ihrer Existenz fest, man wollte ihnen allerdings lieber nicht begegnen.

45,10 *Eichhörnchenbauer:* Käfig bzw. kleines Gehäuse für Eichhörnchen.

46,2 *altväterliche Offiziersröcke:* altehrwürdige Offiziersjacken.

46,5 *Spinette:* Ein Spinett ist ein Tasteninstrument des 16. und 17. Jahrhunderts, bei dem die Saiten spitzwinklig zur Klaviatur angeordnet sind und das mit dem Cembalo verwandt ist; seine Saiten werden über eine Mechanik gezupft, nicht angeschlagen wie beim Klavier.

46,10 *Atlaskleider:* Atlas ist ein schweres, hochglänzendes Seidengewebe in der sogenannten Atlasbindung, einer besonderen Art des Gewebes; Satin.

46,16 *Wacholderreisig:* Wacholderzweige; auf Dielen

ausgestreut, dienten Sägespäne und Reisig als Schutz und Schmutzfänger.

46,21 f. *Gut Ekeby:* Ekeby ist auch der Schauplatz von Lagerlöfs Roman *Gösta Berling*; ihr Vorbild für den Gutshof war das Herrenhaus Rottneros in Värmland (1929 abgebrannt, aber in den 1930er Jahren nach Lagerlöfs Romanvorlage wiederaufgebaut).

48,18 *Johanni:* Johannistag, 24. Juni, gilt als Geburtstag Johannes' des Täufers. Der Termin steht in enger Verbindung mit der Sommersonnenwende (zwischen 20. und 22. Juni), weshalb am Johannistag Feste im Zusammenhang mit der Sommersonnenwende gefeiert werden, bei denen auch Bräuche wie das Johannisfeuer eine Rolle spielen.

49,4 *Fahnenjunker:* zum Offizier ausgebildeter Edelmann, dem das Tragen der Fahne anvertraut wurde.

51,24 *Spritzkuchen:* mit einem Spritzbeutel oder Ähnlichem geformtes, krapfenähnliches Gebäck.

52,22 f. *ein geborenes Fräulein:* aus adliger Familie stammend.

55,21 *der böse Feind:* der Teufel.

56,3 f. *Kätnergut:* Kate, kleines, ärmliches Haus, meist aus Holz; Kätner: Bewohner einer Kate.

65,7 f. *Kette und Einschlag von verschiedener Farbe:* Als Einschlag oder Schussfaden wird der im textilen Gewebe quereingetragene Faden bezeichnet, der im rechten Winkel zu den Kettfäden (der Kette) verläuft. Wenn Kettfaden und Einschlag zwei verschiedene Farben haben, entsteht ein changierend-schimmernder Effekt.

66,10 *Vineta:* sagenhafte Stadt an der Ostseeküste, die der Legende zufolge bei einem Sturmhochwasser unterging zur Strafe für das unmoralische Verhalten ihrer Bewohner und deren Hochmut und Verschwendung. Zu bestimmten Zeiten sollen noch heute die Glocken von Vineta aus den Tiefen des Meeres zu hören sein.

83,6 f. *japanischen Bilderbuch:* Gemeint ist wohl ein Buch, in dem klassische japanische Tuschezeichnungen oder Holzschnitte abgebildet sind. Diese verzichten bewusst auf die Zentralperspektive, Schattenwurf oder symmetrischen Bildaufbau. Die Landschaftsausschnitte, Pflanzen, Tiere oder Szenen wirken vielmehr durch fragmenthafte Reduktion und zugleich technisch große Perfektion.

84,3 f. *Seilerwerkstatt:* Seiler: Handwerker, der Seile herstellt.

91,20 *Nihilistin Vera*: Anspielung auf ein Theaterstück von Oscar Wilde mit dem Titel *Vera oder Die Nihilisten* (1880), in dem Vera zugunsten ihrer Aufgaben für die Nihilisten in Russland auf Liebe verzichten soll, sich aber am Ende aus Liebe zu einem in Missgunst geratenen Anhänger der Nihilisten selbst umbringt, anstatt diesen wie vorgesehen zu töten.

93,14 *Addenden:* Addend: Zahl, die beim Addieren hinzugefügt werden soll.

Minuend: Zahl, von der eine andere abgezogen werden soll.

93,15 *Subtrahend:* Zahl, die von einer anderen Zahl abgezogen wird.

94,1 *Division:* in der Mathematik Teilung einer Zahl durch eine andere.

96,15 *Schute*: zum Transport besonders von Schüttgut, z. B. Kohle, Sand, Getreide, benutztes offenes Wasserfahrzeug (ohne Eigenantrieb).

102,1 f. *Eheschließung in der Kirche bekannt gemacht wird:* Die aus dem Kirchenrecht stammende Rechtspraxis sah vor, dass geplante Eheschließungen öffentlich von einem Priester verkündet (proklamiert) werden mussten, damit mögliche Ehehindernisse (eine bereits bestehende Ehe, Entführung der Frau,

Blutsverwandtschaft in gerade Linie usw.) rechtzeitig gemeldet werden konnten. Nach der Reformation galt die Praxis auch in den meisten protestantischen Kirchen.

Nachbemerkung

Selma Lagerlöf zählt ohne Zweifel zu den bekanntesten Autorinnen des 20. Jahrhunderts – wer kennt nicht *Die wunderbare Reise des kleinen Nils Holgersson mit den Wildgänsen*, des Jungen, der wegen eines bösen Streichs, den er den Wichtelmännchen gespielt hat, selbst in eines verwandelt wird. Er schließt Freundschaft mit der Gans Martin und schließt sich mit dieser einem Schwarm Wildgänsen an, mit denen er weit reist und viele Abenteuer erlebt. Das Kinderbuch gilt als Erziehungs- und Entwicklungsroman: Der kleine Nils erlebt nicht nur viele Abenteuer, sondern entwickelt sich von einem bösartigen Kind, das Tiere quält, zu einem hilfsbereiten und verantwortungsbewussten Jungen, der am Ende der Gans Martin das Leben rettet und dafür als Belohnung wieder seine normale Größe zurückerhält. Lagerlöf schrieb das Buch im Auftrag des schwedischen Volksschullehrerverbands, der damit den schwedischen Kindern Geographie und Landeskunde nahebringen wollte. Das Buch erschien 1906 und ist eines von Lagerlöfs berühmtesten Büchern. In Schweden wird es in der Schule gelesen, und auch im Ausland wird es begeistert aufgenommen, was sich alleine daran zeigt, dass die Abenteuer des Nils Holgersson in mehr als 30 Sprachen übersetzt und mehrfach verfilmt wurden, nicht zuletzt als japanische Zeichentrickserie. Noch heute, über 100 Jahre später, gehört es zu den bekanntesten Kinderbüchern.

Doch kann allein ein Kinderbuch einer Schriftstellerin zu ihrem literarischen Ruhm verhelfen? Sicher nicht. Selma Lagerlöf hat auch zahlreiche Romane geschrieben, und bereits für ihren ersten, *Gösta Berling*, erhält sie begeisterte Kritiken auch im Ausland, nachdem sie schon zuvor für kleine Texte Preise in Schweden gewonnen hatte. 1909 erhält Selma Lagerlöf als erste Frau überhaupt den Literaturnobelpreis. In der Begründung der Schwedischen Akademie heißt es unter anderem, dass man »im Rhythmus ihrer Dichtkunst [...] auf Schritt und Tritt das Echo dessen« findet, »was von alters her die Seele Schwedens bewegt hat, und das macht uns Selma Lagerlöf besonders teuer«.

Doch was ist das Besondere am Rhythmus von Lagerlöfs Sprache, an ihren Texten? Sicherlich ist es das, was die Akademie mit der »Seele Schwedens« in Verbindung bringt: Selma Lagerlöf interessiert sich schon seit ihrer Kindheit für Mythen und Legenden, für die alten schwedischen Sagen und ihre Magie.

Selma kommt mit einem Hüftleiden auf die Welt, das ihr mal mehr, mal weniger zu schaffen macht, auf jeden Fall aber dazu führt, dass sie nicht so wild toben kann wie die anderen Kinder. Stattdessen liest sie lieber, hört den Geschichten der Großmutter und den Märchen und Sagen der alten Frauen im Dorf zu. Lagerlöf selbst sagt, ihre kranke Hüfte habe sie letztlich zum Schreiben gebracht: »Diese Behinderung hat mich gezwungen stillzusitzen und in mich hineinzuschauen und das ist der Grund, warum ich Schriftstellerin wurde.« Magische und mythische Geschichten finden wir in Lagerlöfs Texten ebenso wie das Gefühl des Außenseitertums, das sie unweigerlich als Kind mit körperlichen Einschränkungen am eigenen Leib erfahren hat. In ihrer Autobiographie erinnert sie sich an eine Szene, in der sie ihren Vater anfleht, nicht zu einem Ball fahren zu müssen, da sie ja sowieso nicht tanzen könne.

Magisch-Phantastisches und besondere Existenzen begegnen uns auch in den vorliegenden unheimlichen Erzählungen: Ellen, die junge Braut in *Die Geisterhand*, wird von zwei Tanten aufgezogen, bei denen sie sich fremd fühlt und denen sie durch ihre Heirat mit dem Doktor zu entfliehen hofft. Tora, die Frau des Köhlers in *Die Rache bleibt nicht aus*, ist die Tochter eines armen Bettelweibs. Die besonderen Fähigkeiten der Mutter, von denen Toras Erzählung berichtet und die ihr den Kontakt mit der Welt der Toten erlauben, sollen in Form von bedeutungsvollen Träumen und Ahnungen auch auf Tora übergegangen sein, weshalb der Pfarrer sie als »Trollweib« bezeichnet. In *Eine Geschichte aus Halstanäs* ist es Oestblad, der zumindest zeitweise außerhalb der Gesellschaft steht, in seinem Fall allerdings selbstverschuldet, weil er sich unrecht gegen die Dorfbewohner verhält und sich mit dem Leichnam einer alten Frau – eines Wurzelweibs, das sich mit Pflanzen und Kräutern und deren Wirkungen auskennt – einen üblen Scherz erlaubt. *Vineta* zuletzt erzählt in doppelter Hinsicht die Geschichte von Außenseitern: Einmal ist da der Engländer, der wegen seiner Vorahnung nicht zum Opfer des Schiffsunglücks wird, bei dem er seine gesamte Familie verliert, und dann ist da noch Vera, die wegen ihrer Einfältigkeit und Leichtgläubigkeit zum Opfer von Spott und zur Außenseiterin wird.

Außenseiter, insbesondere solche mit magischen Fähigkeiten, sind die idealen Protagonisten für unheimliche Geschichten, wie sie dieser Band versammelt. Magische Fähigkeiten haben eine lange Tradition in den Geschichten und Sagen Schwedens und darüber hinaus. Sie sind Teil der Volkskultur und Märchentradition überall auf der Welt. Die Hinwendung zu diesen Legenden hat Selma Lagerlöf zeitweise den Ruf einer wenig modernen, traditionsverhafteten Schriftstellerin eingebracht. Von Kritikern wurde sie aufgrund ihres Stils mitunter als »sagotant« (schwedisch für ›Märchentante‹) bezeichnet, ein Urteil, das ihr nicht gerecht wird: Gerade die Beschäftigung mit dem Glauben an Übernatürliches, an Magisches und Unheimliches gestattet einen Blick in die Psyche der Menschen, für die sich Lagerlöf zeitlebens interessierte. Die Darstellung psychischer Vorgänge unter der Oberfläche des Sichtbaren, das Hineinragen des Übernatürlichen in die rationale Welt ist immer auch Teil von Lagerlöfs Geschichten. Da haben wir Ellen, von der niemand sagen kann, ob sie die Geisterhand wirklich gesehen hat; oder den Mord am Pfarrer, der ganz realistisch aus Habgier begangen wird, da die Mörder in der Nacht die Erzählung Toras hören und damit um das Geld wissen; dann den Mord an Oestblad, der im Grunde eine reine Vergeltungstat ist – wäre da nicht die sonderbare Erscheinung im Zimmer des Oberst, von der aber keiner weiß, ob sie überhaupt stattgefunden hat, da die Türe von innen verschlossen war; und schließlich die sonderbare Stimmung in Visby, die zur Vermischung von Traum, Erinnerung und Realität bei Mr Todd führt, eine Atmosphäre, die kennt, wer schon einmal eine in dichtem Nebel versunkene Stadt gesehen hat, und die hier eine doppelte Bedeutung erhält durch die Überlagerung mit Vineta, einer mythischen versunkenen Stadt auf dem Meeresgrund.

Mit ihrem Interesse für Übernatürliches und für die menschliche Seele ist Selma Lagerlöf, anders als ihre Kritiker damals meinten, ganz auf der Höhe der Zeit: Als Zeitgenossin von Sigmund Freud beleuchtet sie die Tiefen von Bewusstsein und Unterbewusstsein. Heute gilt sie längst als moderne Autorin: 1858 geboren, bekam sie als erste Frau den Literaturnobelpreis zuerkannt und wurde einige Jahre später als erste Frau in die Schwedische Akademie berufen. Sie gehörte zu den ersten Frauenrechtlerinnen und kämpfte mit öffentlichen Reden, aber auch im Privaten unermüdlich für die Rechte der Frauen. Während des Zweiten Weltkriegs trat sie außerdem als Pazifistin auf: 1933 beteiligte sie sich an einem Komitee zur Rettung jüdischer Flüchtlinge aus Deutschland. Und noch kurz vor ihrem Tod im Jahr 1940 rettete sie der jüdischen Dichterin Nelly Sachs das Leben, indem sie ihr zur Flucht aus Deutschland nach Schweden verhalf.

Modern zeigt sich Selma Lagerlöf nicht zuletzt auch in ihrem Privatleben: Das elterliche Gut, das die Familie wegen Geldnot veräußern musste, kaufte sie mit eigenem Geld zurück und bewirtschaftete es, mit dem Geld des Nobelpreises erwarb sie sogar noch zusätzliches Land. Die Ausbildung zur Lehrerin, die ihr finanzielle Unabhängigkeit verschaffte, hatte sie als junge Frau gegen den Willen ihres Vaters angetreten. Und ihre Liebe zu zwei Frauen, der Schriftstellerkollegin Sophie Elkan und der Studienrätin Valborg Olander, versteckte sie kaum: Zeitweise lebten die drei Frauen sogar zusammen, was natürlich reichlich Stoff für Eifersucht zwischen den beiden Lieben der Selma Lagerlöf bot. In ihren Briefen können wir von dieser Liebe lesen und davon, wie Selma Lagerlöf Valborg Olander als »richtige

Schriftsteller-Ehefrau« bezeichnet – und das lange bevor jemand an gleichgeschlechtliche Ehe zu denken wagte.

Inhalt